講談社文庫

南《なん》柯《か》の夢

鬼籍通覧

椹野道流

講談社

目次

南柯《なんか》の夢

鬼籍通覧

一章　ひとりじゃないって

ゴールデンウイーク。

世間の人が心躍《おど》らせるその言葉は、法医学教室の面々にとっては、呪詛《じゅそ》に等しい響きを持つ。

何故なら、海へ山へと人々がレジャーに繰り出せば、交通事故の発生率が上がり、現地や行き帰りで事故やトラブルに巻き込まれる可能性も上がる。

また、帰省して久しぶりに家族・親族・友人と顔を合わせたせいで、つもる話がヒートアップした挙げ句の刃傷沙汰《にんじょうざた》も少なくない。

とかくまとまった休みというものは、人が思わぬことで危機に陥りやすいものなのだ。

そうなるとおのずから不慮の死を遂げる人の数も増え、日本各地で警察や法医学教室が多忙になるという、実にわかりやすい流れである。

毎年、ゴールデンウイーク中も数日は休日返上で司法解剖を行わなくてはならなくなるのが、法医学教室に所属する人間の常だ。

そして、大阪府T市にあるO医科大学、その決して広くない敷地の一角にある解剖棟一階の解剖準備室からは、そんな法医学者の宿命を呪う呻《うめ》き声が聞こえてきた。

「ああくそ、何がゴールデンウイークだ。全然金色なんかじゃねえわ。今んとこ、見事に皆勤賞じゃないかよ！　夏休みのラジオ体操だって、皆勤すりゃご褒美《ほうび》に文房具が貰《もら》えたってのに、院生じゃただ働きもいいとこだし」

ブツブツとぼやき続ける声の主は、大学院生活がようやく二年目に突入した伊月崇《いづきたかし》である。

まだ少し肌寒いので羽織《はお》ってきたスカイブルーのスカジャンを脱ぎ、くたびれた、しかもロックバンドのツアーロゴがでかでかと入った黒い長袖シャツを勢いよく脱ぎ捨てたところで、彼は急に動きを止めた。

彼が脱衣を中断した理由はただ一つ、ノックもなく準備室の扉が開き、女性がひとり、ズカズカと入ってきたからだ。

といっても、それは部外者ではなく、彼の指導教官であり、姉貴分でもある、法医学教室助手の伏野《ふしの》ミチルだった。

ウェーブした肩にかかる長さの茶髪と、やたらクッキリした目鼻立ちが印象的な彼女は、伊月の半裸を見ても顔色一つ、眉《まゆ》一筋すら動かさなかった。

何しろ、一年に百体を超える遺体を見ているだけに、裸体というものに免疫が出来すぎているのだ。

こちらもチェックのワークシャツに薄手のカーゴパンツというラフな服装の彼女は、肩からバッグを掛けたまま伊月に声を掛けた。

「おはよ。朝ご飯ちゃんと食べた？　羨《うらや》ましいくらい、お腹《なか》ぺたんこだけど」

「おはよーっす。俺が朝弱いのは知ってるでしょ。朝飯なんか、食った例《ため》しがないですよ」

「だって、いつもよりは開始がゆっくりなのに」

「早かろうが遅かろうが、出掛けなきゃいけないギリまで寝るのが俺のジャスティスですよ。つかミチルさん、来るなりとんだセクハラっすね！　俺の腹なんか凝視して」

呆《あき》れたような声で伊月は言ったが、その声に非難の色はなかった。ついでに言うと、こちらもミチルに着替えを目撃されたというのに、特に動じた風はない。

彼も法医学教室で一年を過ごし、人体というものに慣れたせいもあるが、それだけではない。

ミチルが更衣室代わりに使っている組織標本室には、伊月たち男性陣が着替える準備室を通らねば行けず、そのせいで彼女が伊月の着替えを目撃してしまうことは日常茶飯事《さはんじ》なのだ。

「セクシャルハラスメントじゃなく、セクシャルジェラシーって言ってほしいわね」

「ああ、俺の腹があまりにもセクシーすぎて妬《ねた》ましいっていう……」

贅肉《ぜいにく》の欠片《かけら》もない削げた腹を自慢げに撫《な》でてみせる伊月に、ミチルは盛大な顰《しか》めっ面で言い返した。

「セクシーかどうかは知らないけど、お肉がついてないってことが物理的に妬ましいわ。ほぼ毎晩、筧君《かけい》の作るドカ飯を食べてるくせに！」

「俺、その代わり、あんまり間食しませんもん」

「うう、やっぱりそこが差を生むのかしら」

ミチルは悔しそうに唸《うな》った。

さすがに解剖中にものを食べるわけにはいかないが、セミナー室で仕事をするとき、ミチルはいつも机の片隅にお菓子を置いている。

セミナー室での仕事というのは、鑑定書を作成しているか、検査結果をまとめているか、組織プレパラートを顕微鏡で観察しているか、論文を書いているか、あるいは文献を読んでいるか……いずれにしても、欠片が散らばったり、手が汚れたりしては不都合な作業ばかりだ。

だからミチルはたいてい机の片隅に、棒状のビスケットの一部をチョコレートでコーティングした、極めてポピュラーな駄菓子を置き、時折ポリポリとつまみながら、そうした作業をすることが多い。

ずっと食べ続けているわけではないが、なんだかだいって毎日一箱は確実に空いてしまう。

そうした菓子の意外と高いカロリーが、「塵《ちり》も積もれば」状態で体重に反映されていると、彼女は考えたらしい。

「別にミチルさん、太っちゃいないでしょ」

「痩《や》せてもいないわ」

伊月のフォローの言葉に、ミチルは即座に言い返す。

「ま、俺は嘘《うそ》つけないんで、ガリガリとは言いませんけどね。でも最近は、アイドルにだってミュージシャンにだって堂々とぽっちゃりした子がいるんだから、そう気にするほどでも」

「全然フォローになってないし！　ぽっちゃりって言葉は、ときにデブより相手を傷つけるのよ」

「じゃあ、何て言えばいいんすか。つか、ミチルさんがぽっちゃりだって言ったわけじゃないっすよ。ミチルさんは普通です。普通」

「普通も、力説されるとなんかヤダ！」

むくれつつも、長々と喋《しゃべ》っているほど時間に余裕がないので、ミチルは勢いよく扉を開け、組織標本室に入っていった。

それとほぼ同時に、今度はノックと同時に準備室の扉が開き、術衣姿の小柄な禿頭《はげあたま》の男性が顔を覗《のぞ》かせる。

「おはようございます。もう、皆さんお揃《そろ》いですよって、ぼちぼち」

どこか鳩《はと》っぽい落ち着きのない仕草で室内の様子を窺《うかが》いつつ、男性はこってりした大阪弁でそう言った。

技師長の、清田《きよた》松司《まつじ》である。

ことあるごとに「三代の教授にお仕えしてきた」ことを自慢する彼は、まさに法医学教室の生き字引というべき存在だ。

伊月は勿論《もちろん》、ミチルも教室に入ったばかりの頃は、解剖の手順や実験室の器具の使い方について、逐一、清田の手ほどきを受けてきた。

清田自身は医師であるミチルや伊月にへりくだった態度を取るが、ミチルと伊月もまた、彼を年長者かつ身近な「先生」の一人として、敬意を払っている。

「すぐ行きます。ミチルさんも今、着替え中」

組織標本室の扉を指さし、緑色の術衣を頭から被《かぶ》りつつ伊月が答えると、清田はちょっと不思議そうな顔をした。

「あれ、今日は都筑《つづき》先生は解剖に入りはらへんのですか。さっき、セミナー室にいてはったのに」

「ああ、急ぎの鑑定書があるらしくて、それが片付いたら途中から来るって言ってましたよ」

「なるほど。ほんで、鑑定医が伏野先生になっとるんですな。ほな僕は、先に全身の写真から始めよりますよ」

清田が声を張り上げると、組織標本室の扉の向こうから、「はーい、お願いしまーす」とミチルの声が聞こえる。

「はいはい。伊月先生も、はよ着替えてくださいよ。髪もちゃんとまとめて」

そう言うと、伊月の返事を待たず、清田は扉を閉める。

「相変わらず、高速移動してんなあ……。つか、わかってるっての。毎度のことなんだから」

せかせかした足音が扉の向こうに遠ざかるのを聞きながら、伊月は長めの髪を慣れた仕草で一つにまとめた。ゴム輪を使って、うなじでしっかりと結ぶ。

教授の都筑壮一《そういち》からは、「君なあ、院生とはいえ医者なんやから、その髪、ええ加減に切りぃや」と何度も言われているのだが、伊月としては、短い髪をパラパラ落とすよりは、長めにキープしておいて、きっちり結んだほうがよほど衛生的だと考えている。

都筑のほうも、最近は「まあ、男やから短髪至上主義っちゅうのも、今どきは古いんかもしれんなあ」と態度を軟化し始めた。一年かけて伊月が粘り勝ちしたということになるが、おそらくは陰でミチルの援護射撃があったに違いない。

スリムジーンズを脱ぎ捨て、緑色の術衣のズボンを穿《は》いてウエストを紐《ひも》でギュッと結ぶと、仕上げに術衣と共布の帽子を被り、伊月は組織標本室に向かって声をかけた。

「ミチルさん、俺、先に行きますね」

はーい、とも、へーい、ともつかない間の抜けた返事が、扉の向こうから返ってくる。

伊月は帽子の紐を後ろ手で結びながら、清田が閉めきらなかった扉を靴のつま先で開け、廊下に出た。

目の前のペンキで白く塗られた扉が、解剖室の入り口である。

とはいえ、それを開けた途端に室内の全容が目に入ってしまうのでは色々と具合が悪いので、入ってすぐの場所には、木製の背の高いパーティションが立て並べてある。実に圧迫感に満ちた眺めだが、致し方ない。

パーティションは衣装掛けも兼ねていて、取り付けられたフックには不織布で作られたサージカルガウンと、長いゴム引きのエプロンが掛かっている。

サージカルガウン、つまりオペ着は本来は使い捨てにすべきものだが、生きている人相手のときほど徹底した無菌状態が要求されない職場、しかも経済的に決して豊かではない状況ゆえ、酷《ひど》く汚れたり破れたりしない限り、何度か使い回す決まりになっているのだ。

足元には、清田が釣具屋で買ってきた、靴底がラバーで滑りにくい長靴がズラリと並べてある。

それらを身につければ、解剖に臨む「支度」はほぼ完成だ。

パーティションと壁の隙間《すきま》は狭いので、伊月は靴だけを履き替え、他のものは腕に引っかけて、奥にあるもう一枚の扉を開けた。

たちまち、「おはようございます！」というやたら威勢のいい朝の挨拶《あいさつ》が、あちこちから伊月に投げかけられる。

声の主は大阪府S市所轄の刑事たち、それに二人の鑑識員のものだ。今朝は鑑識員のひとりはまだ若い女性で、野太い男たちの声に交じり、甲高い声を響かせている。

「おはようございます。よろしくお願いします」

教室に入ってくるときにはもっとだらしない挨拶をする伊月だが、さすがにこの体育会系人間が多勢を占める空間ではだらけていられない。それなりにきっちりした挨拶をして、腕に引っかけていたサージカルガウンとエプロンを身につけながら、書記席の横に立った。

いつも書記を務める清田の部下、技術員の森陽一郎《もりよういちろう》は、教室最年少である。ミチルと秘書の住岡峯子《すみおかみねこ》という女性陣を差し置いて抜群の乙女力を誇り、実質、職場の紅一点と呼びたいほどの存在感を発揮する細身の青年だ。

「始めてもらいます？　それとも、伏野先生が来てから？」

解剖に直接タッチすることはないので、着替えることはせず、ただ白衣を羽織っただけの陽一郎は、手の中で器用にボールペンを回しながら伊月の顔を見上げてくる。

どこかこけしを思い出す、陽一郎のあっさりした優しげな細面を見返し、伊月は小さく肩を竦《すく》めた。

「じき来るだろうし、話、始めてもらいましょうか」

「わかりました。ほな、よろしくお願いします。S署の園山《そのやま》です」

S警察署から来た五人の刑事の中で、いちばん階級が上とおぼしき初老の男性が名乗って軽く一礼し、陽一郎と机を挟んで向かい合うように、事務用の椅子《いす》に着席する。

決して太っているわけではないのだが、身体が全体的に大きくガッチリしているので、二十世紀生まれのスチール椅子は情けない悲鳴を上げた。

さっき、彼はいちばん若手の出動服を着た青年警察官から、「係長」と呼ばれていた。つまり、一般的な階級で言うなら、警部補ということになる。

警察の人間が、一般社会において自分たちが警察官であるとアピールしたところで、得をすることは特にない。むしろ、知られたくない相手、すなわち犯罪者たちに、自分たちの顔と素性《すじよう》を知られる危険性がある。

だからこそ彼らは、平素から自分たちの職場を「会社」と呼び、警察独特の階級を、敢《あ》えて会社員風に普段から言い換える癖をつけている。

警部補ということは、園山は、現場叩《たた》き上げの警察官として、まずまず順当に出世してきた人物とみていいだろう。

「まずは令状を」

そう言いながら、園山係長は二枚の紙片を机の上に置いた。

裁判所と所轄署からそれぞれ発行される二枚の書類は、司法解剖を実施するのに必須のものだ。

事件性が疑われる経緯で死を迎えた人間の遺体は、本人や遺族の意向と関係なく、警察や司法関係者にとっての「鑑定対象物」となる。それは、死者の尊厳とはまったく別の次元の話だ。

そして、鑑定、すなわち死体検案や解剖は、誰にでも行えるものではない。

専門的な知識が必要なそうした行為を、法医学教室に在籍する鑑定医に託すための正式な書類が必要だし、逆にそうした書類がなかったり、書類に不備があるまま遺体にメスを入れたりすれば、専門家といえども手が後ろに回る事態になってしまう。

それを幾度となく都筑やミチルに言い聞かされている伊月は、ごく自然に、日付や鑑定医の欄に書かれたミチルの名前に間違いがないことを確かめ、鑑定項目に目を通した。

（死因、血液型、その他……まあ、調べることは、いつもと変わりないか）

伊月が紙片から視線を上げたとき、彼の背後で乾いた音がした。

遺体の写真撮影の際、書記席が写り込まないように下ろしていたスクリーンを、清田が上げたのだ。

電動特有のジーッという低い音と共にゆっくりとスクリーンが上がり、大理石の解剖台が、そしてその上に安置された遺体が、伊月の視界に現れる。

これまで様々の遺体が乗せられてきた白い解剖台の上に今横たわっているのは、まだ若い女性だった。いや、少女というべきかもしれない。

（ん？　学校帰りの事故か何かか？）

伊月は、小さく首を傾《かし》げた。

彼女は、セーラー服をまとっていた。紺色の上着のぼってりと大きな襟と、袖口に入った白いラインが目に鮮やかだ。

膝下《ひざした》まである上着と共布のスカートには、きっちりとプリーツが入っている。靴は履いておらず、足首までの黒いソックスを穿いていた。

「俺、昨夜からニュース見てないんですけど、交通事故か何かっすか？　あの子、服装からして高校生ですよね。どこでしたっけ、あの制服。見たことはあるような気がするけど……S市の学校っすか？」

いつもなら、「殺人」なり「交通事故」なり「自殺」なり、疑われる死の経緯を科学捜査研究所から聞き、秘書の峯子が解剖予定表に記入して、掲示しておいてくれる。

だが今日は祝日なので、彼女は呼び出されていない。よって、伊月は目の前の少女の死の経緯について、何の前情報も持っていない状態なのだ。

「いいえ、大阪市内のK学園高等部の二年生ですわ。自宅がS市なもんで、うちが扱ってます」

ああ、と声を上げ、伊月はパチンと指を鳴らす。

「そうだ！　そうそう、そこの制服ですよね」

「ええ。K学園は生徒数が少ないんで、あんまし生徒の姿を見かけたことがあらへんのでしょう。やれやれ、高二いうたら、うちの上の娘と同い歳ですわ」

浮かない顔で、このあたりでは有名なお嬢様学校の名を口にした園山は、捜査資料をまとめたバインダーを、膝の上で開いた。

伊月が口を開き掛けたとき、ミチルが入ってくる。片手で皆の挨拶を素早く制したミチルは、ちょうど状況説明が始まったところだと察したらしく、エプロンの紐を後ろ手で結びながら、伊月の横に立った。忙しくペンを走らせる陽一郎の手元に視線を落とし、令状と、彼のメモを素早くチェックする。

園山は、ミチルと軽い礼を交わして挨拶を簡略に済ませると、すぐに話を少しだけ巻き戻し、本格的な説明を始めた。

「ホトケさんは、香川樹里《かがわじゅり》、十七歳。中学高校一貫の私立女子校、K学園高等部の二年生です。部活はコーラス部、担任の話では、成績は中の上、素行はまったく問題なし」

「クラスや部活で苛《いじ》めその他の問題は？」

ミチルの質問に、園山は即答する。

「今んとこ、担任に話を聞く限りでは、明らかな問題は把握《はあく》されておらんとのことです。家族関係も、有名企業勤務の父親と、フラワーアレンジメントの教室を主宰しとる母親の三人家族。親子関係はいたって円満、経済的にも裕福です。まあ、娘を授業料が高いんで有名な私立に通わせるくらいですから、推して知るべしっちゅうところですわ」

「つまり、恵まれた環境で何不自由なく育った、ごく普通の女の子ってこと？」

ミチルの質問に、園山は渋い顔で頷《うなず》く。

「まあ、客観的にはそういうことになるんでしょうなあ」

「客観的には？」

「年頃の女の子なんて、何考えとるんか、大人、特に教師や親には知り得んもんですわ。先生も、十代の頃はそうやったんと違いますか？　男の子と違《ちご》うて、女の子は本心を出さんちゅうか……男親やから、余計そう思うんかもしれへんですけどね。うちの娘たちも、いつの頃からか、父親とは口をきかんどころか、目ぇも合わせようらんですよ。せやから……縁起でもない話ですけど、うちの娘に何かあったとして、僕が最近の娘のことで、何ぞ言えるかいうたら、特に何もありませんわ。せやから、あの子についても、ホンマのところは大人になんぼ訊《き》いてもわからんのやろなと」

実に率直に男親の悲哀を語りつつ、園山は痛ましげに遺体のほうへ顔を向けた。

その視線に導かれるように、ミチルは遺体に歩み寄り、「あらら」と小さな声を漏らした。

「何すか……うわっ」

ミチルにならった伊月も、驚きの声を上げる。胴体の向こう側になっていて、書記席からは見えなかったのだが、少女の右の手首には、驚くほど深い切創《せっそう》があった。しかも、制服の右袖はぐっしょり濡《ぬ》れて黒ずみ、袖口の白いラインが薄赤く染まっている。

「派手にやったわね」

そう呟《つぶや》いて、ミチルは清田の差し出す手術用ゴム手袋を嵌《は》めてから、少女の濡れた袖に触れ、眉根を軽く寄せた。

「出血で濡れているにしては色が薄いと思ったら、そうじゃないんだ。制服が紺色だからよくわからなかったけど、これは水……ううん、血の混じった水だわ」

「血の混じった水？」

キョトンとする伊月をよそに、ミチルは園山に訊《たず》ねた。

「しかも、右袖だけ、二の腕より下がぐっしょり濡れてる。これは……お風呂かどこか？」

彼女の推測は当たっていたらしい。園山は、肉付きのいい顎《あご》を上下させた。

「そうです。昨日の夕方から夜にかけて、両親が仕事関係の知人に揃って食事に招かれ、出掛けているあいだに、浴室で手首を刃物で切ったようです。その手を、水を張った浴槽につけた状態で死亡しているのを、午後九時半頃に帰宅した両親が発見しました。遺体の横、シャンプーなんかを並べた台の上に置かれておったカッターナイフが……これです」

証拠保全用の透明な袋に入れた大きめサイズのカッターナイフを、園山は持ち上げてみせる。

刃はホルダーに収納されており、袋の内部には薄赤い水滴がついている。

遠目には刃の様子などはわからないが、普通に考えれば、それが手首を深く切り込むのに用いられた「凶器」とみて間違いはないだろう。

伊月は、わからないといった様子で、薄い唇を尖《とが》らせた。

「ってことは、わりとクリアに自殺じゃないんですか？　犯罪性は全然なさそうに思えますけど。何だってわざわざ司法解剖に？」

「いやいや、それが。自殺と他殺、両方を視野に入れて調べを進めんとあかん経緯がありまして。こっからが、ややこしい話なんです」

「っていうと？」

園山はカッターを収めた袋を書記用の机の片隅に置くと、ごつい顔を顰めてこう言った。

「実は、自宅浴室におったんは、ホトケの香川樹里だけやなかったんです。もうひとりおったんですわ」

伊月はゴム手袋の上から透明のアームカバーをつけようとしていた手を止めた。

「は？　何じゃそりゃ。『もうひとり』って、誰なんです？　ここに運び込まれてないってことは、そっちは生きてる？」

「無傷でピンピンしとります。これがその『もうひとり』で……まあ、百聞は一見に如《し》かずですわ。見てくださいや、これを」

園山は、渋面のままで二人に写真を示す。

園山のもとに戻り、ほぼ同時に上半身を軽く屈《かが》めて写真を覗き込んだミチルと伊月は、次の瞬間、仲良く「何じゃこりゃ」と驚きの声を上げた。

それは、「現場」、すなわち、香川樹里の遺体が発見された、彼女の自宅浴室の写真だった。

当然、撮影したのは、通報されて駆けつけた警察官のはずだ。

だが、その写真は、あまりにも異様だった。

死者である樹里は、右腕を浴槽に突っ込み、洗い場に脚を投げ出す姿勢で座り、目を閉じている。

そして……そんな彼女の左腕と自分の右腕をしっかりと絡ませ、手を繋《つな》ぎ、まったく同じ姿勢で座り込んでいる少女が、写真には写っていた。

樹里はストレートロングの美しい髪が印象的だが、もうひとり、手前に座っている少女は、細い顎を包むようなボブカットの、どこかクラシックで和風な美少女という印象である。

ミチルと伊月を戦慄《せんりつ》させたのは、繊細な顔立ちが印象的なその少女が、人形と見紛《みまが》うほどの無表情であり、さらに切れ長の筆で書いたような目で、カメラのレンズを直視していることだった。

「マジで何だこれ、怖《こえ》ェ」

医師というより一般人のような伊月のコメントを馬鹿にするでもなく、園山は「そうですやろ」と相づちを打った。

ミチルも、薄気味悪そうに写真を眺めたままで、「誰？」と短く訊ねる。

「片桐結花《かたぎりゆうか》、ホトケのクラスメートです。幼なじみで、小中学高校と同じ系列の幼稚園からずっと一緒、家も近《ちこ》うて、親同士も、家族ぐるみとまではいかんでも、顔見知りであったようです」

「ああ、よかった。とりあえず、幽霊じゃないし、見知らぬ奴《やつ》でもなかったんだ」

伊月は思わずほうっと息を漏らす。園山は、いかにもこの謎を共有してくれと言わんばかりの顔つきで、説明を続けた。

「ホトケの両親が、アコーディオンドアが開けっ放しの浴室で娘を見つけたとき、片桐結花は、ホトケの香川樹里に寄り添って洗い場の床に座り込み、この写真のとおり、ホトケとしっかり腕を組んどったそうです。驚いて声を上げたホトケの両親の顔を、片桐結花は何も言わず、じっと見上げてきたとかで」

「そらまた、ホラー映画みたいな光景ですな」

せかせかした動きで、着衣のままの遺体の色々な部位を撮影しながら、清田が口を挟む。

ミチルは清田をチラと見たが、彼の軽口に乗ることはせず、すぐに園山に視線を戻した。

「ご両親は、どうなさったんです?」

「とにもかくにも、自分の娘があからさまに異常な状態ですから、すぐに救急通報しました。その後、片桐結花を娘から引き離そうとしたんですが、頑としてホトケから離れようとせんかったそうで」

「救急隊が到着しても?」

「救急隊員たちに一度は引き離されたんですが、死亡を確認して、警察に通報しとる間に、また戻ってしまったそうですわ。あとは、僕らが駆けつけるまで、そのまま伊月は、困惑の面持ちで、園山と写真を交互に見た。

「ちょ、待ってくださいよ。じゃあやっぱこれ、皆さんが撮った写真なんですよね？　警察官がドヤドヤ来ても、この平常心丸出しの顔っすか？　いや、それとも放心してる……？」

だがミチルは、はっきりとそれを否定した。

「この目つきは、放心とはほど遠いわよ。どっちかっていうと、流れが予想済みだった、みたいな顔」

「マジで？」

「何となく、だけど。……ああ、すみません。話を続けてください。この、死んだ子の友達……片桐結花さん、でしたっけ。その子は、何か話を？」

ミチルは園山に先を促す。

「いいえ、何も」

「何も話さないんですか？」

「そうなんですわ。誰が何を訊いても、だんまりのまま。ただ、僕らが改めてホトケから引き離したときだけ、啜《すす》り泣いとりました。声を聞けたんは、そのときだけです」

園山もまた、どこか途方に暮れた顔つきで写真に視線を落とした。

写真の中の香川樹里は軽く俯《うつむ》き、その死に顔は、うたた寝でもしているように穏やかだ。

ただ、浴槽に八割ほど張られた水が、彼女の手首から噴き出した血で真っ赤に染まっており、彼女の命が既にこの世にないことを、見る者に教えていた。

園山は、浴室の壁面を、節くれ立った指でぐるりとなぞった。

「見ていただいたらおわかりと思うんですが、浴室内に、血液飛沫《ひまつ》が見つからんのです。カッターナイフにも、肉眼的には血液は付着しとりません。せやからおそらくは……」

「右手を水の中に浸けたまま切りつけたってことね」

「我々も、そう考えとります。浴室内は、浴槽の水以外、綺麗《きれい》なもんでした」

「やれやれ。こんなことをする前に考えてほしかったのは、掃除《そうじ》の手間を省くことじゃないんだけど」

そう呟いて、ミチルは小さな溜め息をつく。

写真から顔を上げた伊月は、居心地悪そうに肩をそびやかした。

「マジでちょっとしたホラーだな。このおかっぱ少女は、どういう子なんです？」

園山は資料を見ながら答えた。

「物静かな子やそうですわ。いつも喋ったり、何かを主張したりするんはホトケのほうで、片桐結花は、その隣でじっと聞いとるタイプやったとか。かと言うてクラスで孤立しとったわけでも苛められとったわけでもない。こっちもごくありふれた、年頃の女の子なんでしょうなあ、本来は」

伊月は派手に顔を顰める。

「本来は、ねえ。手首を切って死んでる友達と、腕を組んで座り込むようなのは、ちょっとありふれたアクションじゃねえけど。この子、留置されてるんですか？」

「いや、未成年ですし、まだしょっぴくほどの物証も自供もあれへんですし、逃亡のおそれもないっちゅうことで、いったん自宅に帰して、ご両親に目を離さんようお願いしとります。今日も体調に配慮して、午後から事情聴取に来てもらう予定です。聴取には両親が手配した弁護士がついてくるそうですわ。まあ、それは勿論、ええんですけどね。本人が、ちょっと休んで、話す気になっとってくれるかどうか」

園山の表情と声音の苦々しさからは、すべてを知っているはずの結花から、まだ何も聞き出せていないことへの悔しさと苛立《いらだ》ちが伝わってくる。

それを聞いて、伊月とミチルは顔を見合わせた。質問したのは、ミチルのほうである。

「じゃあ、他に香川樹里の死の経緯について、わかっていることは？　昨日は祝日で学校が休みだったはずなのに、制服ってことは……」

「部活です。コンクールを控えとるそうで、休みの日でも、午後一時から二時間、コーラス部の練習がありました」

「片桐結花のほうは？」

「片桐結花は美術部所属で、昨日は特に部活はなかったんですが、自主的に来て、午後三時くらいまで、コンクールに出す油絵を描いとったそうです。これは昨日、同じく来とった他の美術部員から、今朝、裏を取りました。二人とも、部活中は特に変わったことはなかったそうです」

「午後三時ってことは、香川樹里とほぼ同じ時刻に部室を後にしたんですね？」

ミチルが問いを重ね、園山がそれにテンポ良く答える。事実関係がハッキリしたことを語る分には、明らかに楽そうだ。

「二人が一緒に下校するところを、コーラス部員が数人、目撃しとります。学校から二人の自宅までは阪急電車で四駅でして、駅のカメラは、現在、部下に当たらせてます」

「最終的には、香川樹里の自宅に、二人で帰ってきたわけでしょう？　その時刻は……」

「ご両親は五時前に出掛けたそうですが、そのときはまだ帰宅しとらんかったと。ということは、どっかに二人で寄り道したことになりますから、それも調べます」

「なるほど……。でも、いくら調べたところで、片桐結花が喋ってくれないとわからないことが多そうですね」

「そういうことですわ。状況的には自殺と思われる要素が多いんですが、何しろ一緒におった片桐結花の存在が問題でして。こちらでも調べを進める一方、先生方にも可能な限りの情報お願いせざるを得ない状況です」

最後はきっちり顰めっ面に戻って、園山はバインダーを閉じる。

「なるほど。解剖でどこまでわかるかは謎だけど、とにかく始めましょうか」

「よろしくお願いします」

園山と、それに続く部下たちの声を背中で聞きながら、ミチルは解剖台に歩み寄った。定位置である、遺体の左側に立つ。

伊月は、陽一郎が用意しておいてくれた、外表所見記入用の全身図が挟み込まれたボードを手に、遺体を挟んでミチルと向かい合う場所に立った。

着衣を取り去ってから、身長、体重の測定を行い、次に、いわゆる早期死体現象、つまり体温の低下の度合い、死斑《しはん》、死後硬直を見ていく。

死体の外表所見を見るときの、ルーティンといえる作業だ。

「直腸温はもう室温とイコールですわ」

カメラを温度計に持ち替えた清田の報告を聞き、ミチルは書記席の陽一郎に声を掛けた。

「陽ちゃん、警察のほうで測定した直腸温は？」

陽一郎は、園山が渡した資料に目を通し、すぐに答える。

「昨日の午後十一時二十七分に三十二・三度です。モルグに入れる前に測定した温度ですね。室温は、二十三・一度」

「オッケー。ってことは……」

「死亡時刻は、午後七時前後ってとこかな」

「そうね……よっと」

伊月の推定に、ミチルは軽く頷きながら、遺体の硬直を調べ始めた。

顎、首から始めて、四肢の付け根から先端に向けて、関節を順番に動かし、硬直の度合いを確かめていく。

「もう全身ガチガチに来てるわね。……死後硬直、発見時はどうでした？」

ミチルに問われ、園山は書類のページを繰りながら答える。

「ええと、搬送時《はんそうじ》には、顎、首のみに軽度認められとります」

「了解です」

頷いて、ミチルは伊月を見る。こんな風にテストされると、去年ならいちいち慌てていた伊月だが、一年経つと、もう慣れたものである。

「ってことは、死亡時刻午後七時と矛盾しませんね」

「そうね。あとは死斑だけど……」

ミチルがそう言うが早いか、清田が飛んで来て、遺体を横向きにさせる。

死斑とは、単純に言えば、死後、血管内にある血液が、就下《しゅうか》、すなわち重力に引かれて、身体の下になるほうへ溜まるのを皮膚越しに観察するものだが、香川樹里の背面の死斑は、ごくうっすらしたものだった。

「やっぱり弱いわね。手首からの失血が相当なものだったんでしょう。清田さん、もう結構です」

遺体が元通り仰向けにされると、ミチルはステンレスの物差しとピンセットを取り、顔面を調べ始めた。

慣れた手つきで上瞼《うわまぶた》をピンセットでつまんで裏返し、角膜の混濁がないことを確かめ、瞳孔径《どうこうけい》を測り、結膜を観察する。

「顔面の粘膜はどこも蒼白、溢血点《いっけつてん》はなし。特に変わったことはないわね。他に明らかな外傷が認められないから、手首にいきましょうか」

小さな溜め息をつくと、ミチルは唯一の外傷である、右手首の損傷について詳細な観察を始めた。

「右手首部腹側に深い切創が一条あり。ほぼ水平方向、長さは約五・六センチ、深さは一・五センチから二・四センチまで。創縁は整、創壁にはわずかにジグザグの乱れあり、刃物を同部位で数回押し引きした形跡と推測されるが、逡巡《しゅんじゅん》ではなく、より深く切るための操作と考える……ここまでオーケー？」

「オッケー……です」

ミチルが張りのある声で告げる所見を、陽一郎が猛烈な勢いでボールペンを走らせ、書き留めていく。

自分も赤と青の色鉛筆で外傷のスケッチをしつつ、伊月はふと、着衣を取り去られた少女の遺体に目をやった。

若くて健康な成人男性である伊月にとって、若い女性の裸体など、日常生活においては、とても平常心で正視できるものではない。

だが、解剖室の中、しかも司法解剖の対象としての遺体であれば、話は別だ。伊月の目に、色欲の濁りは微塵《みじん》もない。

だが、彼の胸の内には、やや複雑な感慨があった。

（まだ自殺か事故か他殺か、さっぱりわからねえけど……自殺と仮定して、もし、自分がこういうことになるってわかってても、やっぱ自殺したかな）

いくら伊月たち法医学教室の面々や警察関係者全員が、死者に対して畏敬の念を持っているといっても、年頃の少女が、見知らぬ人々、特に男性たちの前で全裸にされ、自分すら見たことのない身体の内部を露《あら》わにされる事態など、本人は死ぬ前には決して想像しなかったことだろう。

もし、本人の魂がまだここにいるなら、どれほど恥ずかしく、耐えがたいことか。いや、本人だけでなく、愛娘《まなむすめ》の突然の死の理由がわからず、解剖が終わるのをただ待つしかない両親の動揺はいかばかりだろう。

今日のように、年齢の近い人を解剖するとき、特に相手が異性のときは、そんなことに思いを巡らせずにはいられない伊月である。

(前に龍村《たつむら》先生が、「自殺を考える人は、後先やら遺された人たちの気持ちやらを突き詰めて考える力なんぞ、もはや残っちゃいない。だからこそ死ねるんだ」って言ってたし、それは正しいんだろうと思うけど……でもなあ)

何を言っても説得力がある、伊月の学外の師匠こと兵庫県常勤監察医の龍村泰彦《やすひこ》の言葉を思い出し、伊月はなおも考える。

自殺を防止する手立ては色々あるだろうが、あるいは、「死因が明白でない場合、遺体を解剖される可能性がある」と世間に知らしめることが、ほんの僅《わず》かであっても、特に若い世代には、抑止力として機能する可能性があるのではないだろうか。

(や、それも「後先」に入るか。死んだ後の自分の身体の扱いなんか、気にする余裕、ないよなあ)

伊月のそんな物思いは、ミチルの声でばっさり吹き飛ばされた。

「伊月先生、スケッチが大まかに描けたら、そこをどいて。清田さん、写真お願いします。手首の切創、乾ききらないうちに、たくさん撮ってもらわないといけないから」

「はいはい」

再び、ご自慢の大きなカメラと黒くて短いスケールを手に、清田が飛んで来る。待機していた鑑識員も、すぐさまベンチの上のカメラに手を伸ばした。

「あっ、すんません！」

伊月は慌てて飛び退いた。考え事をしている場合ではないと、頭に引っかかる罪悪感に似た思いを振り払う。

ミチルの指示で、清田と鑑識員が交互に写真を撮っているうちに、伊月は彼らの背後から損傷部位を観察し、ラフではあるが努めて正確に、シルエットだけが印刷された人体図にスケッチを描き込んでいく。

「外傷は右手首だけね。しかも、ギコギコしつつも基本的に一発」

撮影指示を出し終え、ミチルは一歩下がって伊月に声を掛けた。

スケッチを描き終え、伊月も同意する。

「そうっすね。ずいぶん思いきりがいいな」

「色んな意味でね」

ミチルはどこか浮かない顔でそう言った。

普通、自殺目的のリストカット、つまり手首を切りつける行為には、逡《しゅん》巡《じゅん》創《そう》と呼ばれる浅い「躊躇《ため》い傷」を伴うものだ。

いくら思い詰めていても、人間は、いや人間の脳は、本能的に自分の命を守ろうとする。

ある程度傷つけることはできても、命を落とすほどの損傷を我が身に与えることは、そう容易なことではない。

最終的には気力を振り絞って深く切りつけることができたとしても、そこに至る過程で、浅く切ってはその痛みや出血に怯《おび》える行為を何度も繰り返すのが通常だ。

だからこそ、ただ一条、あまりにも潔く深く切り込んだ少女の手首の傷が、むしろ不自然に見えるのである。

ミチルは眉根を軽く寄せ、浅い縦皺《たてじわ》を眉間に刻みながら、園山に訊ねた。

「たぶん警察も気にしてると思うんだけど、この子、利き手は？」

園山は、ちょっと人の悪い笑みを浅黒い頬《ほお》に過《よ》ぎらせた。

まだS署に異動して日が浅く、O医大法医学教室の面々とは一度か二度ほど仕事を共にしたことがあるだけの彼としては、ミチルの目と腕を試したい気持ちが少なからずあるらしい。

「先生も気になりましたか。左利きです」

「……どうも」

どうやらわざと前もってその情報を与えなかった園山の小さな意地悪に気づき、ミチルはムッとした顔で遺体に向き直る。

「右利きで右手首を切るのは不自然だけど、左利きなら、特に問題はないわね。とはいえ……いくら何でも潔すぎる」

伊月も同意しつつ、ふと心に浮かんだ可能性を口にしてみる。

「そうっすね。たとえば、クスリをキメてた可能性は？　シンナー……は、ちょっとクラシックすぎるか。危険ドラッグの類とか、何か恐怖心を抑えるようなものを摂取していれば、こんな風に思いきりよくやれちゃったりしませんかね」

「可能性はあるわね。最近は、ずいぶん安価にその手のドラッグが手に入るようだから。……薬物検査は、うちより警察のほうがお得意でしょうから、各種サンプルをお持ち帰りします？」

素《そ》っ気《け》なく訊ねるミチルに、園山ではなく、まだ写真撮影をしていた若い鑑識員が、「いただいて帰ります！」と声を上げる。

「わかりました。じゃ、清田さん、あとでサンプル取り分け用のプラボトルをお願いします。うちの分と、科捜研用の奴」

「はいはい」

清田の快諾を受け、ミチルはまだ微妙な不機嫌《ふきげん》をその顔に残したまま、園山にもう一つ、質問を投げた。

「そのカッターナイフ、指紋の付着は？」

「ありましたが、ホトケさんと片桐結花、二人のものが入り交じっとる状態でした」

「ってことは、少なくとも、香川樹里が自他為の別はともかく、そのカッターナイフで手首に損傷を負ったとき、片桐結花も一緒にいたと考えられるわね」

「そうですな。現時点では、そのくらいしかわからんですが。事情聴取と、司法解剖の結果で、調べが進むとええんですがね」

「事情聴取が上手《うま》く行くといいですね」

ささやかな意趣返しのつもりか、真心のこもらない平板な口調でそう言うと、ミチルは伊月に向き直った。

「じゃ、手首の傷の写真撮影が終わり次第、開けさせていただきましょうか」

「はいっ」

伊月はスケッチ用のボードを書記席の隅っこに置くと、真新しいゴム手袋の封を開ける。

ミチルも、手洗い場の上に洗濯ばさみでぶら下げてある自分のアームガードを、いささか荒っぽく引き抜いた。

解剖を始める前に遺体に挨拶をするのは、おそらくどこの法医学教室でもやることであろうが、その「お作法」はそれぞれ少し違う。

O医大では、メスを両手で榊《さかき》のように持ち、目を閉じて軽く頭を下げ、ほんの短い間ではあるが、死者に黙禱《もくとう》を捧げる。

伊月はミチルがそうしているから、そしてミチルは都筑教授に倣《なら》ったわけだが、都筑が言うには、先代と先々代の教授が、既にそうしていたらしい。

黙禱中の他の人間の胸中はわからないが、伊月はいつもこのとき、これから自分が行う狼藉《ろうぜき》を許してくださいと心の中で詫《わ》びる。

いくら仕事、そして法で許された行為とはいえ、自分が目の前の死者の立場に置かれたとき、絶対にやってほしくないことを、今から自分は行うのだ。

その意識だけは、決して消えないし、消してはいけないもののように、伊月は感じている。

目を開けたミチルは、「どうぞ」と小さな声で伊月に言った。

「……そんじゃ、行かせてもらいます」

伊月は緊張の面持ちで、真新しい刃のついたメスを握った。

都筑もミチルも、こうして時折、解剖のいちばん最初の切開を伊月に任せる。

オトガイ正中から下腹部まで、臍《へそ》を避けてほぼ真っ直ぐに切り下ろすときの手の感覚で、法医学者は、遺体の状態をある程度推測することができる。

皮膚の張りや分厚さ、皮下組織の脂肪の多少と、水分量。

そんなものを推し量ることで、目の前の遺体の「解剖しやすさ」のようなものが、何となくわかるのだ。

色白で、ピンと張りのある少女の皮膚は、メスの刃に吸い付くような感触だった。

このくらいはあるだろうと外見から予想したとおりの厚みの脂肪が、鋭い刃に触れると、魔法のように切れ、皮膚と共に左右に分かれていく。

「何ていうか、切った感じはすこぶる健やかな印象っすね。……森君、皮下脂肪の厚さ、一・二センチ」

「はいっ」

待ちかまえていた陽一郎は、すぐさま解剖記録書に数値を記載していく。

ミチルもメスを取ると、伊月のスピードに合わせ、ほぼ左右対称に丁寧に皮膚と脂肪を剝離《はくり》し、筋肉を露出させていく。

どこを切っても健康そのものの所見が並ぶ少女の解剖は、粛々《しゅくしゅく》と進められた。

やがて主要な臓器の摘出が終わり、伊月が甲状腺を慎重に切開するのを横目で見ながら、ミチルは白い移動式の台の上で、やや膨《ふく》らんだ胃を注意深く切開した。内容物が零《こぼ》れないように、小さめの切開を入れ、鉤《こう》ピンこと有鉤鉗子《ゆうこうかんし》で何ヵ所か挟んで、切開口の縁を軽く吊るように固定する。

撮影の要領を誰よりも心得ている清田が、すぐにカメラと短いスケールを持って飛んでくる。

清田と鑑識員が胃内容を撮影するのを背後で待ちながら、ミチルは鼻を蠢《うごめ》かせた。

「なんか……甘い匂いがする」

清田も、「そうですなあ」と言いながら、盛んにシャッター音を響かせる。

撮影が済んでから、ミチルは小さなレードルで胃内容をそっと掬《すく》い、ステンレスの容器に移した。

そして、胃液の中に浮かぶものを見て、「あら」と声を上げた。

「どうかしたんですか？」

伊月は自分の作業を中断して、ミチルのもとに数歩移動する。

ミチルは、「甘い匂いの正体」と言って、胃内容を指さした。

ヒョイと覗いた伊月は、眉間に浅い皺を寄せる。

「これ……もしかして」

二人の目の前、銀色に輝く平べったい容器の中には、胃液と共に、きつね色の物体が散らばっていた。

一見、台所用のスポンジを大きくちぎったように見えるそれが、ミチル言うところの「甘い匂いの正体」である。

角度を変え、顔を近づけてそれを観察してから、伊月は小声で言った。

「ケーキ?」

ミチルは曖昧《あいまい》に頷く。

「ケーキっていうか、これ、たぶん、ホットケーキだと思う」

「あー! そんな感じ。確かに生クリームの欠片はないし、フルーツもない。そうだ、この匂いはホットケーキミックスに入ってる、バニラエッセンスの匂いか」

「それに、メープルシロップの匂いも交じってるわね」

「ホントだ。うわあ、超ホットケーキだ。間違いないや、これ」

二人の会話を聞きつけ、園山と他の警察官たちもわらわらと胃内容の周囲に集まってくる。

「ホントだ。ホットケーキっぽい」

ざわめきの中から、女性鑑識員の感心したような声が聞こえた。

園山は、小さな咳払《せきばら》いをして、ミチルに訊ねる。

「つちゅうことは、死ぬ前にホットケーキを食べたと？　どっかの店の奴ですかね。帰りに寄り道でもしたんですやろか」

ミチルは、軽く首を傾げ、「たぶん、違うなあ」と言った。

園山も伊月も、意外そうな顔をする。

「ミチ……伏野先生、そんなことまでわかるんすか？　どこで食べたものか、なんて」

「なんでもわかるってわけじゃないけど、ほら、このあたりを見て」

ミチルは容器の一角を、オペ用手袋の上から綿手袋を重ねた人差し指で示した。

「けっこう焦げてるもの。こんなの店で出したら、ちょっと問題アリでしょ」

「おお、確かに」

「ホンマですな」

口々に同意する男たちをチラと見て、ミチルはあっさり言葉を継いだ。

「それにこれ、アメリカ風の薄いパンケーキでも、流行《はや》りの分厚くてふわっふわのパンケーキでもなく、超厚焼きのお店のホットケーキでもなく、いわゆる普通の『おうちのホットケーキ』のテクスチャーと分厚さでしょ。この子の家で、女子二人で焼いて食べたんだとしても、不思議はないわ。調べたほうがいいかも」

「確認します」

園山が目配せすると、すぐに若手刑事のひとりが衝立の向こうへ足早に去った。スマートホンで、誰かと話す声が微《かす》かに聞こえてくる。おそらく、現場にいる同僚に連絡しているのだろう。

「いつ、食うたもんでしょうかね」

園山のその質問には、ミチルは明快に答えた。

「ほんの少し消化されているけれど、まだこうして肉眼で十分に、これはホットケーキの欠片だと推測できる程度。だから……そうね、食後一時間やそこいらで死に至ったと考えるのが妥当だと思います」

「最後の晩餐《ばんさん》っちゅうわけですか」

「まさしく」

ミチルはさらに容器に顔を近づけ、内容物に鼻を突っ込みそうな距離でもう一度丹念に匂いを嗅いだ。

吐瀉物《としゃぶつ》に鼻を突っ込むに等しい行為だけに、伊月は未だに尻込みしてしまうが、都筑もミチルも、そして兵庫県常勤監察医の龍村も、この手のことにはまったく躊躇《ちゅうちょ》しない。

尊敬しつつも、人として、何らかの安全弁が壊れた人たちを見ているような気分になってしまう伊月である。

「飲み物の色合いは、胃酸で変化するからあてにならないけれど、匂いは残ってる。紅茶ね。この子の最後の晩餐は、ホットケーキと紅茶だわ」

「なかなか女子っぽいっすね」

そんな感想を残し、伊月は自分の持ち場へ戻る。

ミチルも、胃内容を一部、小さなプラボトルに採取すると、残りをシンクに持っていき、目の詰まった金網で濾《こ》そうとした。

水分を取り除くことで、さらに微細な物質を見逃さず、観察することができるのだ。

だが、彼女がそうする前に、伊月が緊張を孕《はら》んだ声でミチルを呼んだ。

「すいません、これ」

「何？」

舌から肺まで一緒に摘出したとき、気管の裏側にへばりつくように存在する食道は、一般人が想像するより、遥かに細い筋肉で出来たしなやかなチューブである。

甲状腺の観察を終え、その食道を鋏《はさみ》で上から下に向かって切り開いていた伊月は、呼び声に寄って来たミチルと清田、それに刑事たちのために、食道の赤みを帯びた粘膜、その下のほうをピンセットで指し示した。

「ここに、ほら」

皆の「おお」という声が重なる。

ピンセットの先端のすぐ近くに、黄色っぽい錠剤がへばりついている。表面は崩れかけているが、まだ丸い原形を留めていた。

直径は六、七ミリといったところで、ごく僅かではあるが、錠剤の真ん中に細い筋が走っているようにも見える。

「これは……。残念。薬の名前の手がかりになるような文字や数字は見えないわね。ただ、真ん中に筋があるってことは、分割して使うことの多い薬かしら」

ミチルの見立てに、伊月も同意する。

「そうっすね。これは……何か死因に関係するかも。採取します?」

「写真を撮ってから。科捜研に分析をお願いしても?」

「勿論です。いただいて帰ります」

園山は即座に応じる。

薬物については、あまりにも種類が多岐にわたり、また、毎年、新しい薬物が数え切れないほど市場に出回る昨今、法医学教室ですべての薬物に対応することはほぼ不可能で、警察の一部署である科学捜査研究所に分析を託すことがほとんどである。

「あと、錠剤のPTP（プレス・スルー・パッケージ）がゴミ箱かどっかに入ってないか、現場の方にチェックしてもらってくださいな」

「わかりました、すぐ」

園山がそう言うなり、指示を待つことなく、さっきの若い刑事が再びスマートホン片手に飛んでいく。打つ前に響くような部下のアクションに、園山は満足げに顎を撫でた。

「つーことは、アレですかね」

撮影を始めた清田と鑑識員を見守りつつ、伊月は並んで立つミチルに話しかけた。

「あの錠剤、飲んだつもりがうっかりあそこで引っかかったってことでしょうか。ちょうど、食道裂孔《れっこう》の辺りだし」

食道が横隔膜を貫くときに通る「穴」が、食道裂孔である。

他の腹部臓器がその穴からはみ出してこないように、食道裂孔はかなりタイトなサイズになっており、食物が詰まりやすいポイントの一つなのだ。

ミチルも、血染めの手袋の指を軽く組み合わせ、うーん、と唸った。

「飲んで胃に送り込むつもりが、一錠あそこに引っかかったってのは確かだと思うわ。でも、あの錠剤が何なのか、服用したのは果たしてあの一錠だけなのか。胃内容を併せて調べてみないと、わからないわね。ただ、あれもまだ原形を留めてるってことは、ホットケーキを食べたのとほぼ同じタイミングで服用したんでしょうね」

「そっすね。最後の晩餐、改定。ホットケーキと紅茶、そして謎の錠剤かあ」

そんな二人に向かって、ワクワク顔の陽一郎が声を掛けた。

「先生方、所見はどう書きます？」

「ああ、そうね。今のうちに、胃内容の所見をまとめるわ。伊月先生は、作業の続きを。食道の所見はお願いね」

そう言い置いて、ミチルは陽一郎の待つ書記席へと向かう。

「うーす」

やや砕《くだ》けた了解の返事をすると、伊月は解剖台の端っこに置いてあったステンレスの長い物差しを手に、再び持ち場へと引き返した。

「……胃内容はいずれも軽度消化……と。そんな感じかな」

「オッケーです」

ミチルが口にした胃内容の所見をサラサラと書き留めた陽一郎は、書記机の隅っこに置かれた、くだんの現場写真を見て、肉付きの極めて薄い肩を小さく竦めた。

「なんかこういうの、昔の映画で見た気がします。『シャイニング』でしたっけ?」

ミチルはそう高くない鼻筋に、犬のような皺を寄せた。

「渋い映画を知ってるのね。けど、あれは双子の女の子でしょ。しかももっと小さい子だったわ」

しかし陽一郎も、半ば無意識らしくボールペンを凄いスピードで回しながら言い返す。

「それはそうですけど、でもこの目つきと顔つき、似てません? こう、カメラを真っ直ぐ見てるように見えて、焦点が合ってないっていうか……本当はもっと遠いところを見てるっていうか」

「そう?」

ミチルはもう一度、写真をしげしげと見つめ、小首を傾げた。

何度見ても、不思議で、薄気味悪い写真である。

眠るような安らかな顔で死んでいる香川樹里と、そんな親友を守るように、侵入者を見ている片桐結花。

寄り添って座る二人の少女の、互いのプリーツスカートが重なり合ったあたりで、しっかり握った手と、扇《おうぎ》のように広がったスカートの裾《すそ》から伸びる、すらりとした二組の下腿《かたい》。

まるで、休み時間にくつろいでいるところを邪魔されたような風であるのに、結花の表情だけが、不思議な緊張感と、虚無感のようなものを見る者に感じさせる。

確かに、彼女の瞳は、カメラを真っ直ぐ突き抜け、その遥か遠くの何かを見ているようだった。

引き結んだ唇の奥には、いったい、どんな言葉が押し込められているのだろう。

何かコメントを口にしようとしたものの、正しい言葉を見つけられなかったミチルは、視線を陽一郎に戻し、情けなく眉尻を下げて、代わりにこう言った。

「こういうヘンテコな事件のときに限って、何故か私が鑑定医なのよね」

間奏　飯食う人々　その一

シャカシャカ……と軽快な音を立てて泡立て器を使いながら、T署の刑事、箟兼継《かねつぐ》は、ボウルの中身を勢いよく掻《か》き混ぜる。

ボウルに入っているのは、卵、砂糖、ちょっぴりの塩、蜂蜜《はちみつ》、サラダ油である。

「へえ、ホットケーキミックスを使わなくても、ホットケーキって焼けるんだ？」

箟の横に立ち、感心しきりでボウルの中身を覗き込んでいるのは、ミチルだ。

二ヵ月前、伊月と共に「謎の腕のミイラ」にまつわる事件に巻き込まれた彼女は、一時的に身の安全を確保する必要に迫られ、箟と伊月のアパートにしばらく身を寄せていた。

いわゆるハウスシェア状態である。

事件解決と共に同居は速やかに解消されたが、以来、ミチルは以前にも増して気軽に箟家にやってきて、二人と夕食を共にすることが増えた。

といっても、食事を作るのはたいてい筧の役目で、ミチルは多少手伝う程度、伊月に至っては食器を出すのと飲み物を用意する程度のことしかしない。

最初の頃は、もっと積極的に調理に参加しようとしていたミチルだが、どうも自分がいると、筧の動線を妨げたり手順を狂わせたりしてしまうらしいと気付いてからは、筧が指示したことだけやるようになった。

今は、水切りボウルを使って、小麦粉とベーキングパウダーを合わせたものを篩《ふる》っている。

筧は、軽いアクションで泡立て器を使いながらこともなげに答えた。

「わざわざミックスを買わんでも、ホットケーキくらいは手持ちの材料でどうとでもなりますよ。うちは昔から、母がこうやって作ってくれてたんで、手伝ううちに見て覚えました」

「へえ。小さい頃から、ちゃんとお母さんのお手伝いをする子供だったんだ。……どっかの誰かと違って偉いわねえ、筧君は」

振り返ったミチルの視線の先には、当然ながら茶の間で大の字になっている伊月がいる。

「はいはーい、お手伝いをしない子供だった僕でーす。っていうか、うちは母親がお手伝いが必要なほど家事をしてなかったですからね。仕事が忙しくて」

ファサッ、カサッ。

ふてぶてしく言い返す伊月の声に重なる乾いた音は、彼の胸の上にどーんと寝そべった大きな猫の、これまた立派な長い尻尾《しっぽ》が、彼の腹を打ち擦《す》る音である。

猫の名前は、ししゃもという。一歳の雌猫だ。

事件現場で拾った子猫を、伊月と筧は「愛娘」呼ばわりで溺愛《できあい》している。

おかげでししゃもは、生まれながらのお姫様のような、謎の気品漂う猫に成長した。灰色がかった長い毛は、毎晩、伊月にブラッシングしてもらって、まるで作りたての綿菓子のようだ。

「さて、そろそろええかな」

砂糖が溶け、卵が油と混じり合ってもったりしたところで、筧はミチルが篩った粉をボウルに入れ、ゆっくりと混ぜ合わせた。途中、牛乳を足して、生地の硬さを調節する。まるでパティシエのような、滑らかな動作だ。

「ホントだ。綺麗な生地ができた」

「さすがに、バニラエッセンスは常備してへんので、先生方が昼間に嗅いだような、甘い匂いにはならへんですけど……っちゅうか」

テーブルの上にホットプレートを出し、コンセントを繋いだミチルに視線で感謝を伝えつつ、筧は首を捻《ひね》った。

「昼間、ご遺体の胃袋ん中にホットケーキの欠片が入ってたから言うて、晩飯にホットケーキが食べたくなるもんですか？　僕、それはどないしてもわからへんのですけど……その、どういう心境で？」

ミチルは、涼しい顔で答える。

「だって、人生最後に食べるものに、たぶん本人の意志でホットケーキを選択したわけでしょ。それこそ、どういう気持ちだったのかなあと思って。実際に食べながら、考えてみたくなったのよ。ね、伊月君」

ししゃもを抱いてむっくり起き上がり、胡座（あぐら）をかきながら、伊月も同意する。

「そうそう。別に、胃内容を見て旨《うま》そうだったから食いたくなったわけじゃねえよ？」

「それ聞いて、ちょっと安心したわ」

筧とて刑事なので、司法解剖の現場にはしょっちゅう立ち会っている。とはいえ、ミチルや伊月ほど人体についてマニアックではないため、ときに一般人から見ると奇《き》矯《きょう》な部類に入ってしまうようなミチルと伊月の解剖談義には、ついていけずにいるのだ。

本気でホッとした顔つきで、筧はホットプレートの横にボウルを置いた。指先でホットプレートにさっと触れ、温まり具合を確かめる。貰い物の古いホットプレートなので、ダイヤル式の温度設定があまり信頼できないのだ。

それから、とろりとした生地をおたまで掬い、ホットプレートの上に丸く流し込む。

「ホットプレートやったら、一気に三枚焼けるから便利ですね。せやけど、メープルシロップがあれへんな……蜂蜜でええですか？」

「いいんじゃない？　ていうか、ごめんね、付き合わせちゃって。晩ごはんが甘いものでも、筧君は平気？」

筧は、面長の顔に人の良さそうな笑みを浮かべてかぶりを振った。

「それは全然平気ですよ。まあ、どう考えても野菜不足なんで、野菜ジュースでもつけましょか」

「そうねえ。飲まないよりはマシかも。うん、バニラエッセンスがなくても、美味《おい》しそうな匂いがしてきた」

「ホントだ。あー、腹減った」

ししゃもを抱いたまま、伊月もやってくる。ししゃもは小さな鼻でふんふんと立ち上る匂いを嗅いだが、自分の好物ではないと気付くと、興味を失い、伊月の腕から飛び降りた。

ピンと立てた長い尻尾を不満げに振りながら、部屋の隅に置いた猫ベッドのほうへ行ってしまう。

その姿を見送り、伊月はフライ返しを手にした。

「俺が返してもいい？　つか、もう返してもいい？」

ふつふつと無数の小さな穴が空いた生地を見下ろし、筧は少し心配そうに頷いた。

「ええけど、大丈夫か？」

「任せろ！　男は常にスリルを求める生き物だろ」

そんな言葉と共に、部屋着のジャージの袖を肘あたりまで引き上げる伊月に、ミチルは思いきり嫌そうな顰めっ面をした。

「そんなスリル、巻き添えを食らいたくないんだけど……ホントに大丈夫なの？　やったことある？」

「ないっすよ」

「ええっ!?」

筧とミチルの驚きと抗議の声が響く中、伊月は大張り切りでホットケーキの下にフライ返しを差し込み、気合いと共に勢いよく引っ繰り返した。

「いただきます」

三人同時に手を合わせて食前の挨拶をし、ふんわりと焼き上がったホットケーキに黙々とバターを塗る。

そんなお決まりの作業をしながら、ミチルは恨めしげに伊月を睨《にら》んだ。

「誰かさんがスリルを追い求めなきゃ、完璧なホットケーキが食べられたと思うんだけど」

「……ホンマに」

筧も、言葉少なに同意する。伊月だけが、照れ笑いで頭を掻いた。

「へへ。いいじゃないですか、俺の成長に協力したと思えば！　安いもんでしょ、形の悪いホットケーキくらい」

「……どうせなら、まあるい奴が食べたかったわ」

「僕もです」

「うう……そりゃ、俺だって」

伊月もついにガックリと肩を落とした。

それぞれの前に置かれた皿の上には、何とも不細工なホットケーキが載っている。伊月が引っ繰り返すのを悉《ことごと》く失敗し、他のホットケーキの上に落としてしまったり、ホットプレートの枠に掛けてしまったり、割ってしまったりしたせいで、三枚とも不格好《ぶかっこう》になってしまったのである。

筧が必死でフォローしたのだが、いずれもホットケーキの理想型である「まあるい」にはほど遠い形状だ。

「まあ、味は悪うないと思いますし……」

「そうそう、形はアレでも、味は変わらないって！」

「まあね。……死んだあの子も、ちょい焦げのホットケーキを食べてたもんね」

浮かない顔でそんなことを言いながら、ミチルはホットケーキにたっぷり蜂蜜をかけて均等に表面にならし、ナイフでざくざくと放射状に切り分けた。

そして大きな一切れを、口いっぱいに頬張る。

「うん、美味しい！　形はどうあれ、味は最高。ふわっとしてるけど、嚙《か》み応えもあって、これがおうちの正しいホットケーキよね」

「そう言うて貰えたら、ホッとします」

筧は蜂蜜をかけずに、お好み焼きのように格子状にホットケーキを切りながら、相《そう》好《ごう》を崩した。

「あ、マジでうめえ。ホットケーキなんて、久しぶりだな。つか、晩飯代わりに食うのは初めてかも。だけど、死んだあの子と……たぶん一緒に座ってた友達も、二人でホットケーキを食ったんだろうな、夕方に」

「自分で焼いて？」

筧に問われ、伊月は頷いた。

「現場を見に行ってた警察官によれば、台所のゴミ入れに、ホットケーキミックスの袋とか、卵の殻とかがあったって。皿やフライパンは、洗っちまってわかんなかったらしいけど」

「ふうん。そうなんや」

ホットケーキを頬張り、ミチルが淹《い》れた紅茶で流し込んでから、筧は不思議そうに考えながら言った。

「自殺やら他殺やらはまだわからんにしても、自分が死ぬことがわかっとって、最後の食事にホットケーキを選ぶっちゅうんは、何や可愛《かわい》らしいやら不思議やらですねえ。女の子やったら、アリなんでしょうか」

ミチルはちょっと天井を見上げて考えてから、自信なさげに答えた。

「どうだろ。ホットケーキが凄《すご》く好きなら、男女を問わずアリなんじゃない？　食べてみたら気持ちがわかるかなって思ったけど、そうでもないわね」

「そりゃそうでしょ。ホットケーキ、旨いですけどね。俺だったら、これから死ぬってわかってたら、何食うかな。やっぱ、ステーキかな。ミチルさんと篁は？」

いきなり問われて、篁は大きな目を白黒させながらも答える。

「僕は、うちの母親の玉子焼きかなあ。あまじょっぱくて、それをおかずに飯が食える奴。出汁《だし》を入れてへんから固いねんけど、でもどっかふわっとしとるねん。あれは、何度試しても、同じようにはいかへんわ」

「おっ、マザコン発言」

「そんなん違うて！」

顔を赤くして、両手を振って否定する篁を笑顔で見やり、ミチルも言った。

「私は何かな。とびきり美味しいソフトクリームか、でっかい海老《えび》フライかな」

「何だそりゃ」

「ソフトクリームは、小さい頃、どっかへ出掛けたときだけ親に買ってもらえるとびきり美味しいものだったし、海老フライは、ご飯のおかずにしにくいから普段はあんまり食べないけど、大好きなの」

「なるほど」

伊月は納得し、ミチルは自分の発言を噛みしめながら言葉を継いだ。

「やっぱり最後の晩餐って、凄く好きなものか、物凄く思い出深いものか、どっちかを選ぶわよね。あの子たちにとって、ホットケーキはどっちだったんだろ」

旨いけど喉に詰まるな……と苦しげに呟き、ごくごくと紅茶を飲み干してから、伊月は口を開く。

「いかにも好きっぽいけど、思い出の味でもありそうですよね……。つか、たぶん一緒にそれを食った後、片方は手首を切って死んで、もう片方は、死んだ友達と手を繋いで座り続けた。いったい、どういう心理なんだか」

そんな呟きに、筧とミチルが「わからない」と言いたげに首を傾げたそのとき、ちゃぶ台の上に置いてあった伊月のスマートホンが、賑やかな着信音を立てた。

「おっと、なんか連絡が来た」

すぐにスマートホンを取ってチェックした伊月は、筧に向かって言った。

「咲月《さつき》ちゃん、明日、予定どおりにお願いしますってさ。俺はオッケーだけど、お前はだいじょぶ？」

「僕も、帳場が立つようなことがなければ平気や」

「おっけ。そんじゃ、予定どおり行くって、返事しとくな」

そう言うと、伊月は慣れた手つきで返信を始める。

紅茶のお代わりをそれぞれのマグカップに注ぎながら、ミチルは筧と伊月に問いかけた。

「そういえば、明日は外せない用事があるから、解剖が入ってもパスって言ってたっけ、伊月君。筧君と一緒にお出掛けなの？」

メールを打っている伊月は頷いただけで、筧が答える。

「そうなんです。こないだ、タカちゃんと小学校の同窓会に行って……」

「小学校の同窓会？　そんなのあるの？　凄いわね」

「ああ、いやいや。僕らが一年のときの担任の先生が、病気をしはったんです。そんで、快気祝いにいっぺん集まろうやってことになって、先生とずっと連絡を取っとった同級生の音頭で、クラスの仲間が集まったんですわ」

「へええ。何人くらい？」

「音信不通になった奴も多かったんで、二十人そこそこでした。そこで再会した友達のひとりが、お祖父《じい》さんの家の処分で困ってるっちゅう話を聞いて」

「処分？　何かトラブルでも？」

興味を惹《ひ》かれ、ミチルは軽く身を乗り出す。筧は笑ってかぶりを振った。

「いえいえ、そういうこっちゃのうて、急に亡くなったんで、家のもんの整理がおっつかんらしいんです。で、子供の頃、そのお祖父さんの家に遊びに行かしてもらったご恩もあることやし、蔵を片付けるんを二人で手伝いに行くって約束したんですわ」

「へえ。素敵な話ね。女の子？」

メールを送信し終わった伊月が、ニッと笑って答える。

「当たり前でしょ。何が嬉《うれ》しくて、GW最後の休みの日を潰《つぶ》して、野郎の手伝いなんか」

「あー、綺麗な子なんだ？　下心アリアリって奴？」

ミチルにからかわれて、筧と伊月は同時に「いやいやいや」と否定する。

「僕は、そんなん違いますよ。ただ、懐かしいし、久しぶりに会《お》うて、そんな話を聞いたんも、またご縁やろなと思うたからで」

「俺もそうだよ！　いやまあ、ガキの頃の印象が薄いわりに、まあまあ綺麗になってましたけどね」

「あー、上から目線で褒《ほ》めた」

「や、そういうわけじゃ……」

「小学生の頃は、タカちゃんがお姫様みたいに可愛かったですからねえ」

ミチルと伊月のやり取りに、筧が大真面目《おおまじめ》にそんな言葉で割って入る。

「タカちゃんが！　お姫様！」

途端にミチルは盛大に噴き出し、伊月は文字どおり髪を逆立てんばかりの勢いでちゃぶ台を叩いた。

「筧はそういうこと真顔で言ってんじゃねえ！　ミチルさんも笑わない！　子供の頃は男の子でも女顔って、よくあることでしょうが！」

だが、筧は謝りながらもさらに火に油を注ぐ。

「堪忍《かんにん》。せやけど、ただ女顔っちゅうだけやのうて、タカちゃんはホンマに可愛かったで。クラスの女子の誰よりも可愛かったもん」

「ううう」

可愛いを連発されて、伊月はそれ以上憤る気力もなく、畳の上にバタリと倒れる。

ミチルはまだ笑いながら、そんな伊月の二の腕を軽く叩いた。

「いいじゃない、わかったわ、明日は何かあっても、私が引き受ける。蔵の整理って何だかワクワクする作業だし、二人とも、楽しんでらっしゃいね。お天気がいいといいわね」

筧はナイフとフォークを皿に置き、背筋を伸ばして、礼儀正しくミチルに軽く頭を下げる。

「よろしくお願いします。せやけど、どないしてもおひとりでは無理なことがあったら、言うてくださいね。蔵の整理は、僕ひとりでもやれますし」

対照的に、伊月はだらしなく寝そべったままで、長い脚をバタバタさせた。

「えー、嫌だ。俺、明日は蔵にこもる日だし。もうメスとか持ちたくないし。解剖は給料出ないけど、蔵の片付けはお駄賃出すって言ってたし！」

「はいはい。お給料の出ない院生君は、のびのびと羽を伸ばしてらっしゃい。蔵で、何か面白いものが見つかるといいわね。古い壺《つぼ》とか、えれきてるとか」

駄々っ子を宥《なだ》めるような声音でそう言ったミチルを、伊月は呆れ顔で見た。

「……壺はともかく、えれきてるはないでしょ」

だが、筧は大真面目に口を挟む。

「いや、わからへんで、タカちゃん。あの子のお祖父さんとこ、大阪で商いが成功して、裕福な家やったらしいし。あるかもしれへん」

「ないだろ。つか、えれきてるがあったとして、どうすんだよ、それで。電気流して、肩こりでも治すつもりか？」

茶化《ちゃか》す伊月に、ミチルは口を尖らせた。

「いいじゃない、特に使い道はなくても、歴史のロマンって奴よ。えれきてるじゃなくても、何か面白いものが出たら、画像を送ってね。楽しみにしてる」

「へいへい」

伊月はなおざりな返事をすると、両腕を思いきり伸ばして大あくびをする。

そんな、大きな猫のような仕草に、筧とミチルは顔を見合わせ、苦笑いした。

ミチルが、そんな自分の迂闊《うかつ》な発言を後悔するのは、翌日の夜のこととなる……。

二章　過ぎし日々が戻るとき

「ええ天気でよかったなあ」

　そう言って、筧は大きな手を額《ひたい》にかざし、晴れ渡った空を仰いだ。

　並んで歩く伊月は、まだ下ろしっぱなしだった髪を、鬱陶《うっとう》しそうに後ろで結わえる。

「いい天気すぎて、暑いだろ。まだ五月だってのに、夏みたいじゃねえか」

「カラッとしとって、片付け日和《びより》やん」

「そりゃそうだけど、頭のてっぺんがポカポカして馬鹿になりそうだ。帽子持ってくりゃよかったな」

　伊月は煩《わずら》わしそうに目を細めた。

　二人ともTシャツにジーンズという涼しげな夏の装いだが、それでも伊月の形のいい額には、うっすら汗が滲《にじ》み始めている。

午前十時でこれでは、午後には本当に真夏なみの暑さになるに違いない。

そんな伊月の頭に、筧はバッグから取り出したタオルをバサリと被せた。

「帽子代わりに被っとき。タカちゃんは髪の毛が茶色いし色白やし、気ぃつけんとな。何やったっけ、前言うてたやろ？　何とかビーム……」

「何とかビームじゃなくて、紫外線だよ」

「それそれ。紫外線。お日さんの光に入ってんのやろ？　それが日焼けのもとやってタカちゃん言うとったやん。浴びたら身体に悪いとかも」

「まあ、あんましよくはねえな」

伊月は被せられたタオルをそのままにして、目的地に向かってのんびり歩きながら頷く。海外アーティストのライブTシャツや履き込まれたスニーカーと相まって、野外フェス会場にでもいるような趣《おもむき》だ。

「そういえば、その紫外線て、何があかんの？」

「そうだなあ。どう言やぁ、わかりやすいかな。んー、まず紫外線は、皮膚の線維を傷める。膠原《こうげん》線維と弾性線維……ほら、コラーゲンって聞いたことあんだろ？」

筧は、興味深そうに頷く。

「うん。何やテレビのコマーシャルでよう聞くな。女の人がお肌のために飲む奴やろ？」

「女性に限らず、人の皮膚にはそういう線維が色々あって、平たい言葉で言えば、協力しあって肌のキメとかハリって奴を保ってるんだ。紫外線は、そんな皮膚の線維を傷つけて、『お肌が老化する』って現象を引き起こすんだ」

「へええ。それで女の人は、日焼けを嫌がるんやな。日傘差したり、日焼け止め塗ったり。めんどくさそうやなって思てたけど、大事なことやったんやね」

納得顔の箟を、伊月はゲンナリした顔でチラと見た。

「別に、日焼けしないほうがいいのは、女だけじゃねえぞ」

「へ？　ああそら、タカちゃんみたいに綺麗な顔しとったら、肌は老化せんほうがええなあ」

「そういうこっちゃなくて。紫外線は他にも、皮膚の細胞のDNAを傷つけるんだ。簡単に言うと、遺伝情報の長い鎖をぶっちぎっちゃうわけ」

「へ？　そんなんされたら……困りそうやん」

「困るんだよ。DNAを傷つけられるってのは、全身にたとえて言えば、脳をぐっちゃぐちゃにされたようなもんだ。だから、そんな目に遭った細胞は、ほとんど死んじまう」

「ほとんど？　みんなやのうて？」

「たまーに、ちぎれた鎖を適当にくっつけて、上手く生き延びる細胞もいるんだ。けど、それはもう、まともな細胞じゃねえ。そのまともじゃない細胞が分裂してどんどん増えると……」

「どないなるん？」

篁はちょっと気後れした顔で、おずおずと訊ねてくる。伊月は平然と答えた。

「最悪、皮膚癌《がん》になる」

「うわ！　マジで！」

「日焼けってのは、そんな紫外線から自分自身を守るために、脳が全身にサングラスをかけさせるようなもんなんだ。それでも、万全の守りってわけにはいかないけどな。だから日焼けしたってことは、紫外線のダメージを受けたって証拠でもある」

「はあ、なるほど。ほな、とにかく焼かんほうがええんやね」

「そうだな。勿論紫外線には、皮膚にビタミンDを作らせるって働きもあるから、日に当たるなってことじゃねえけど。とにかく、無駄な日焼けはしないほうがいいと思う。目にもよくねえし」

「目にも？」

「特にお前は無駄に目がでかいから、気をつけろよ。刑事なのに、早々と白内障《はくないしょう》になったら困るだろ」

「は〜。お日さんなんて、生まれたときから見てるから気にしたことあれへんかったけど、怖いもんやなあ」

「怖いけど、ないと困るもんでもあるしな」

「ホンマや。っちゅうか、今もそれが起こっとるわけなんやな。ヤバイなあ」

篁はもう一枚タオルを出すと、いそいそと自分の頭に引っかけ、ただでさえ大きな口を引き延ばすようにして、気のいい笑みを浮かべた。

「せやけどまあ、困る分については、こっちでこうして防げばええんか」

「まあ、そんなんじゃ防ぎきれないにしても、出来る範囲で努力するに越したことはないな」

「うんうん、そやんな。それにしても、タカちゃん、やっぱり医者なんやなあ」

妙にしみじみとそんなことを言われて、伊月はタオルの下から篁の面長な顔を睨んだ。

「何だよ、それ。法医学者は医者じゃねえとでも思ってたのか？」

咎《とが》められ、篁は慌てて両手を振った。

「いやいや、そういうわけやないよ。せやけど、こういうときに、そうやってするするっと医学的な知識が出てくるあたり、さすがやなと思うて。普段、何でもないときは、あんましそういうプロフェッショナルな話はせえへんやん？」

「まあ、そういえばそうか。けど、お前だってそうだろ。家で刑事っぽい言動とか、あんまりしないじゃん」

「まあそら、仕事の中身をベラベラ喋るわけにはいかへんもん。あ、それはタカちゃんも一緒か。お互い、公私の別っちゅう奴やね」

「そゆこと。まして今日は、ガキの頃の知り合いの家に行くんだもんな。お互い、仕事のことは忘れて、エクササイズに励《はげ》もうぜ」

「エクササイズて。蔵の片付けやんか」

「そう思うと、GW唯一の休みに何してんだって、気持ちがクサクサすんだろ。エクササイズだよ！」

「はいはい。クサクサあらためエクササイズな。上手いこと言うなあ」

「そういうつもりで言ったんじゃねえよ、偶然だっつの。褒められたら、ワザと言ったみたいだろ」

気恥ずかしそうに筧の太い二の腕を拳で軽く叩き、伊月はタオルの端っこで額の汗を拭いた。

筧と伊月が住んでいるアパートから、のんびり歩いて徒歩三十分ほどの道のり。

今歩いている昔ながらの住宅街には、駅前の繁華街と違い、ずいぶんと落ちついた雰囲気《ふんいき》がある。土地の区割りが大きく、従って各戸の庭が広いので、緑も豊かだ。

どこの家にもたいがい松が植わっているのは、元々ここに並んでいたという武家屋敷の名残だろうか。何軒か、江戸時代の佇《たたず》まいを残した、歴史的価値の高い邸宅もあるらしい。

「ここを歩くの、二度目なんだよなあ？　覚えてるような、覚えてないような……」

やけに幅の広い道を筧と肩を並べて歩きながら、伊月はふと、子供の頃のことを思い出そうとしていた。

正直、関東に引っ越す前、関西在住だった小学生時代のことは、伊月の頭から大部分抜け落ちている。

それは幼かったからではなく、伊月にとって、小学校での日々は、決して幸せと形容できるようなものではなかったからだ。

それは、中学受験を控えた微妙すぎる時期に神戸に転校する羽目になり、小学校最後の一年をアウェーとしか言い様のない環境で味気なく過ごしたせいだけではない。

筧と同じ小学校に通っていた五年間を通じて、身体が小さい上、いわゆる「女顔」だった伊月は、クラスの女子には人気があったが、一部の男子からは生意気だと言いがかりをつけられ、延々と目の敵にされていた。

朝、登校してきたら上履きを隠されていたり、授業中、丸めた紙や消しゴムのカスを後ろから投げつけられたり、給食のトレイに自分だけカトラリーをつけてもらえなかったり、長縄飛びでわざと縄の回転スピードを変えられたり、教科書のページを全部ホッチキスで留められたり……。そんなことは、日常茶飯事だった。

子供というのは、群れて罪悪感が薄れると、嗜虐心《しぎゃくしん》を際限なく羽ばたかせる生き物だ。世間体や倫理観がない分、大人よりずっとたちが悪い。

身体的な暴力なら、親や教師に傷という証拠を見せ、いじめっ子たちを正面きって糾弾《きゅうだん》することができただろう。

だが、彼らが仕掛けてきたのは、伊月の身体に傷をつけず、言葉や嫌がらせ行為で心を傷つけるタイプの暴力だった。

今ならば、それでもある程度は問題にしてもらえたかもしれない。

だが伊月が幼い頃は、まだそこまでの問題意識が大人たちに備わっていなかった。

悪口を言われたと訴えれば、告げ口をする嫌な子とみなされ、物がなくなったと言えば忘れ物を誤魔化《ごまか》そうとしていると思われ、次第に嘘つきで被害妄想気味の子供という疑いまで加わって、苛めを訴えれば訴えるほど、何故か悪い立場に追い込まれるのは伊月のほうだった。

中には親身になって心配し、問題を解決しようとしてくれた先生もいたが、彼らが提示した解決手段といえば、先生の前での「話し合いと仲直りの握手」や、「学級会での糾弾」といった安易な方策ばかりだ。

たとえその場でいじめっ子たちが反省の言葉を口にしたとしても、そんなものが本当の反省であるはずもなく、かえって苛めが裏でエスカレートするだけだった。

家に帰って親に訴えようにも、両親は仕事で忙しく、伊月の訴えに耳を傾ける時間などない。

学校にも家庭にも、彼が心から頼れる大人など、ひとりもいなかったのだ。

そんな伊月を苛めるのは、さぞ簡単で安全、しかも愉快だったことだろう。

大人になった今なら、当時のいじめっ子たちの心理が、伊月には手に取るようにわかる。

それはきっと、上流で追い立てた鮎《あゆ》が下流へ逃げていって、簗《やな》に乗り上げるのを見ているワクワク感に似たものがあったに違いない。

彼らにとっては、伊月は魚と同じ……いや、それは言いすぎだとしても、少なくとも自分たちと同じ人間とはみなされていなかった。ただ、それだけのことなのだ。だが、「それだけのこと」で、伊月の心はズタズタにされた。

女子たちは、「やめなよ」と声を掛けるくらいの制止はしてくれたが、積極的に伊月を庇《かば》おうとはしなかった。男子よりずっと早く大人びた彼女たちは、他人のために自分の立場を危うくするような真似《まね》をしなかった。

本当に身体を張って伊月を守ってくれたのは、幼なじみの筧ただひとりだった。

身体が大きくて気の優しい筧は、誰からも愛されていた。

だからいじめっ子たちも、伊月を庇ったからといって、筧のことも仲間はずれにして同じ扱いにするわけにはいかなかった。そんなことをすれば、自分たちの株が下がるだけだからだ。その手の計算高さは、子供にはしっかりと備わっているものだ。

「何かあったら、いつでも僕に言いや。っていうか、いつでも僕と一緒におり。守ったるから」

筧はいつもそう言ってくれたし、伊月としても、その申し出はとてもありがたく、頼もしかった。

それでも、二人は常に同じクラスというわけではなかったし、たまに、伊月はわざと筧から離れ、単独行動をして、みすみす苛めに遭った。

筧はそのたび困り顔で「なんでなん？」と訊ねてきたが、当時の伊月は、上手く答えるための言葉を持たなかった。

別に、マゾヒズムから来る行動ではなかった……と思う。

たぶん、それは伊月の意地だったのだ。

俺はお前たちなんか怖くない。何をされても、俺の心はそんなことでは折れない。

たとえ幾夜も布団を被って暗闇の中で泣いていたとしても、いじめっ子の前では決して泣かない、弱ったところを見せない。

筧の背中にいつも隠れ続けるような、女々しい男じゃない。

そんな伊月の強がりが、いじめっ子たちにとってはふてぶてしく映り、更なる苛めを呼ぶことになるのだが、不幸中の幸いというべきか、そんなときに転校が決まった。

伊月は、親友である筧との別れと引き替えに、どうにかこうにかつらい日々から解放された。

その後、さらに引っ越しを重ねて落ちついた関東では、水が合ったのか、彼は少しも苛めに遭うこともなく、実にありふれた、平穏で楽しい学校生活を送ることができた。

だからこそ、人生の早い時期、主にメンタルが極限ギリギリまでつらかった時代のことは、できるだけ心の深い場所に落として、たまに浮かび上がる楽しかった思い出だけを拾い上げてやり過ごしてきたのだ。

（それなのに……また関西に戻ってきて、こうしてあの頃にいっぺん歩いた道を通ったりすると、思い出すんだよなあ。いいことも、悪いことも）

太陽の眩《まぶ》しさに目を細めて歩きながら、伊月は心の中で、小さな石ころを蹴飛ばした。

もう、大人になった。

他にも色々ときついことを経験して、心身共に、あの頃よりはずっと強くもなった。

だから、当時のことなど、とっくに克服したと伊月は思っていたのだ。

先日、クラス会に初めて出席したのも、そうした思いからだった。

きっと、当時のいじめっ子たちと顔を合わせても、昔はよく苛めてくれたなと、笑いながら軽く小突く程度で水に流せるに違いない。そうやって小さなけじめを付けておけば、あの日々は単なる思い出になるはずだ。

伊月はそう考えていた。

（でも……違った）

同窓会が開かれた夜のことを思い出し、伊月は無意識に唇を噛んでいた。

それを見て、刑事の勘が働きでもしたのだろうか。筧は急に心配そうな顔をして、伊月の名を呼んだ。

「タカちゃん？　大丈夫か？」

「……あ？　あ、ああ、いや」

ハッと我に返った伊月は、何でもないと誤魔化そうとした。

だが、普段は草食獣を思わせる和《なご》やかな筧の目が、鋭く探るように自分を見ているのに気づいて、吐き出しかけた軽口を飲み込む。

筧がそういう目をするのは、刑事になってからのことではない。子供の頃から、伊月が苛められて泣きたい気持ちをぐっとこらえ、強がっていると、決まって無言のまま見つめてきた。

相手に嘘を許さない、真っ直ぐで厳しい、そのくせ気遣いに満ちた独特の視線だ。

「どないしたん？」

駄目押しのように優しく問われて、伊月は小さく肩を竦めた。

「や、俺、やっぱ意気地なしだなと」

「へ？　何でいきなり？」

「んー、こないだの小学校の同窓会のときのことを思い出してさ」

同窓会と聞いて、筧は太い眉を曇らせる。

「あ……。僕、うっかり気軽に誘うてしもたけど、タカちゃん、ホンマは嫌やったりした？」

「じゃ、なくて。確かに最初は煩わしいと思ったけど、行ってみたら楽しかったよ、それなりに」

「うん、そやね。タカちゃん、女の子たちに大人気やったもんな。子供の頃よりもっとかっこようなってるとか、ミュージシャンみたいとか言われて、まんざらでもなさそうやったやん」

「そりゃまあ、褒められれば誰だって悪い気はしねえだろ」

「そらまあそうやろけど。ほな、何？　男連中とも、楽しそうに喋ってたやんか。実は僕、ちょっとだけ心配しとってんけど。その、まあ、何ちゅうか、色々あったし」

筧は決まり悪そうに言葉を濁す。「気ぃ遣ってんなよ」と笑いながらも、伊月の目には暗い色が過ぎった。

「そこだよな。俺の情けなさは」

「へ？　何で？　昔、タカちゃんを苛めとった連中とも普通に接してて、タカちゃんは大人やなあって感心したで、僕」

「そんなもん、全然大人じゃねえよ。大人のふりをしただけだ」

「ふり？」

大型犬のように首を傾げる寛から視線を逸らし、伊月は苦い自己嫌悪の滲んだ声で告白した。

「俺だって、あの頃に俺を苛めてた連中に再会したら、一言言ってやろうって意気込んでた」

「一言？　苛めのことを？」

「うん。あの頃、俺が味わったのの十分の一、いや百分の一でもいいから、決まり悪い、嫌な思いをさせてやるぞってな。お前から誘われて同窓会に行く気になったのも、そんな下心があったからだよ。なんか、先生を心配して、とかじゃなくて悪い。や、勿論、そういう気持ちもなくはなかったけど」

「タカちゃん……」

爽やかな初夏の午前にまったくふさわしくない薄暗い心境を突然吐露し始めた伊月

に、筧は狼狽《うろた》えて、掛ける言葉を見つけられずにいる。

そんな筧に構わず、伊月は淡々と言葉を継いだ。

「けどさ。実際、会ってみりゃ、あいつら誰も、俺を苛めたことなんて覚えてなかった。『久しぶりやなあ、転校先でも元気にしとったんか？』なーんて笑顔で言われたりしてさ。拍子抜けを通り越して、愕然《がくぜん》としたよ」

話の内容のわりに、伊月の声は明るい。その裏腹さに戸惑い、筧は曖昧に首を傾げた。

「ホンマに？　あんだけやらかしとったのに？」

「うん、全然。最初はバックレてんのかと思ったけど、そうでもなさそうだった。よく、『苛めたほうはすぐ忘れるけど、苛められたほうは忘れない』って言うだろ？　あれ、マジだったんだな」

「そうやったんか……。僕はまた、タカちゃんがあいつらを許したから、あいつらもホッとしてあんな親しげな風なんやと思うとった」

「や、全然そんなんじゃなかったよ。ったく、気楽なもんだよなあ、苛めたほうってのは」

アメリカ人がやるように両腕を軽く広げて肩を竦め、伊月はおどけてみせる。

だが、当時の伊月の痛々しい姿を覚えている筧としては、それに乗る気にはなれなかったらしい。彼は、むしろ沈んだ表情で嘆息した。

「はあ。せやなあ。タカちゃんはひとりで苛められとったけど、あいつらは集団やったからかもしれへんな。罪悪感も頭割りで、目減りしとったんやろし」

「あー、そういうことなのかなあ。楽しい遊び感覚だったんだろうな、やっぱし」

筧につられたように、伊月もとうとう溜め息をついて声のトーンを下げた。

「俺さあ、あいつらが俺の顔を見て、気まずそうな雰囲気になるんじゃないかって、内心、期待してた。俺がいるせいで、お祝いの席が何となくギクシャクすりゃいいのに。そんだけでも、仕返しとしちゃ十分だ。そんな酷いことまで思ってたのに、みんな、何の屈託もなく笑顔を向けてくるんだぜ？　元気だったかなんて訊かれて、どう答えりゃいいんだよ。そんときの俺の気持ち、お前にはわかんないだろ」

「……ごめん、正直わからんけど、想像すると、ハシゴを外されたような気分やろか。ごめんな、僕がもっとちゃんと守ったれたらよかったのに」

まるで自分がいじめっ子の一員でもあったかのような申し訳なさそうな顔で、筧は広い肩をすぼめる。

「ばーか、お前が謝る筋合いじゃねえだろ。つか、お前が助けてくれなかったら、俺は首でも吊ってたんじゃね？　むしろ、俺の命の恩人的に威張ってもいいくらいだと思うぜ」

むしろ筧を慰めるような口調でそう言って、伊月は両手を頭の後ろで組んだ。そして、青い空を仰ぎながら話を続ける。

「あいつらの笑顔を見ながら、ああ、俺が地獄みたいだって思ってたあの日々は、あいつらにとっちゃ何でもなかったんだなって思ったら……」

「思ったら？」

「まるで、自分が空気になったような気がした。それと同時に、腹も立ったさ。片っ端から襟首摑《つか》んで、昔、俺に何したか忘れたのかって問い詰めて回りたかった。俺は忘れてねえぞって怒鳴りつけてやりたかった。でも、実際の俺は、何も言えずにヘラヘラ笑ってただけだ。お前が見たとおりにさ。言えなかったんだよ。勇気がなくて」

「勇気……？」

「だって、そうだろ。こっちは何だかだ言ってこの歳まで引きずってたことを、あいつらに言葉に出して『覚えてない』って認められたら……たまったもんじゃねえ。俺の中でずっとわだかまってた感情、どこに持ってけってんだ。怖くて訊けねえよ、そんなこと」

「タカちゃん……」

どうフォローしていいかわからず、筧は途方に暮れた猟犬のような顔で口を閉じる。

「結局、俺はスゴスゴ尻尾を巻いて、みんなと一緒に楽しいふりをするしかなかったんだ。けど、そんな中でひとりだけ、『今日はよう来てくれたね。昔、嫌な思いしたやろに』って言ってくれたのが、村松《むらまつ》だった」

「……へえ」

筧は、意外そうに瞬《まばた》きした。

村松というのは、小学校で二人の同級生だった、村松咲月のことである。

二人が向かっているのは、彼女の祖父の家なのだ。

「なんや、それでタカちゃん、あのとき、村松さんとばっかし喋っとったんか。あの子が好みのタイプなんかと思うとったわ」

「別に、そういうわけじゃねえよ。ばっかしってわけでもねえし。でもまあ、嬉しかったんだ。村松がそう言ってくれたおかげで、俺が苛められてたことは、俺だけの記憶じゃないって思えた。空気から人間に戻れた気分がしたんだ。だから、あいつにありがとうって言いたくてさ。で、喋ってたら、祖父さんが亡くなって、蔵の中身の処理に困ってるって話になったところでお前が入って来て……」

「せやったせやった、ほんで、蔵の整理、手伝おうかて言うたんやったな」

ははっと笑って、寛はふと何かが気にかかったように、指先で意外と高い鼻の頭を掻いた。

「そう言うたら、僕ら、いっぺんだけ村松さんのお祖父さんとこにお邪魔したことがあってんやんな、小学生の頃。あれ、なんでやったっけ。僕ら、特に村松さんと仲良うはなかったやろ？　タカちゃんの家はわりと近所やったけど」

「何だよ、お前、覚えてねえの？」

「記憶にあれへんなあ。何年やったっけ。四年か五年か、そのあたりで、僕ら三人がまた同じクラスになって、ほんで……うーん？」

盛んに首を捻る寛に、伊月は呆れ顔で「マジかよ」と笑った。

「てっきりお前も思い出したから、片付けを手伝うって言い出したのかと思った。まさかの、善意百パーセントかよ？」

「別に、善意なんて大袈裟《おおげさ》なもんやないけど、力仕事やったら役に立てると思うただけで。タカちゃんは、覚えとるん？」

「あったり前だろ。でなきゃ、俺が自分から休みの日に力仕事をしようなんて、思うわけないじゃん」

「そう言われたら、ホンマにそうやな！」

「いや、そこまで力強く同意しなくていいから。つか、村松から祖父さんの話を聞くまでは、俺も忘れてたんだけどさ。ほら、あの時がきっかけだよ。昼休みに、俺が持って来た『日本のふしぎ百科』って本を二人で見てたとき……」

そこまで聞いて、突然、記憶の回路が繋がったらしい。筧は大きな手のひらをパンと打った。

「あーあー！　タカちゃんが親御さんに買ってもろたて言うてた、河童《かっぱ》とか妖怪とか不思議な生き物とかの話が、写真や絵入りで載ってる気色悪い本！　あ、うっかり思い出してしもた。グンタイアリに襲われて、一瞬で骨にされた人の話。うう」

まるで自分の肌の上にグンタイアリが這《は》っているような顔で、筧は両手で自分の腕をさする。

伊月はそんなあからさまな反応に、片眉を上げた。

「気色悪いって言うなよ。お前だって喜んで見てたじゃねえか。つか、それを見てたら、偶然通り掛かった村松が、『お祖父ちゃんの蔵にも、そういうんがあるらしいよ』って言い出したんだ。思い出したか？」

篁は、まだ腕をさすりながらも笑みを浮かべて頷いた。

「思い出した！　そういうのって何？　って訊いたら、ようわからへんけど、って言うてんな、あの子」

伊月も笑顔で頷く。

「そうそう。わかんないって何だよってつい食いついちまってさ。そしたら、祖父さんちの蔵に、昔から『開けちゃいけない箱』があって、うっかり開けたら、中に入ってるもんに呪われる……そんな言い伝えがあるんだって、あいつ、真顔で力説したんだよ」

「せやせや。そしたらタカちゃんが、嘘やーてさんざん煽《あお》って、村松さんも、ホンマやってって言い返して。とことんヒートアップした挙げ句に、お祖父さんの家の蔵に忍び込んで、その開けたらあかん箱開けて、中を見よう、ほんで白黒つけようっちゅうことになったんやったな」

「そ。俺と村松と二人だけで決行しようって言ったのに、心配だからってお前までついて来ることになってさ。日曜の朝に二人でバスに乗って、ここに来たんだよ。子供だけでバスに乗って遊びに行くなんて初めてだったから、すげえドキドキしたのを覚えてる」

寛は大きな笑顔のままで、紐をたすき掛けにするアクションをしてみせた。

「ああ、せやったね。タカちゃん、張り切って水筒にオレンジジュース詰めた奴をこう斜めがけにしとって、僕らに『おやつ配給！』って飴《あめ》くれたやん？」

「お前、余計なことだけしっかり覚えてんなあ」

「確かに余計なことだけ、かもしれへんわ」

寛はそう言うと笑みを引っ込め、片手で自分の頭を軽く叩いた。

「そんで、結局どうなったんやったっけ？　肝腎《かんじん》なとこを覚えてへん」

「マジかよ。信じられねえな。家に着いて、でっかいお屋敷で村松の祖父さんに挨拶して、祖父さんがゲートボールの練習に出掛けてる間、留守番がてら、庭で遊んでるって約束してさ。で、三人だけになってから、村松が、どっからか蔵の鍵を持って来て……」

「蔵、入ったんやったっけ？」

「いんや。閂《かんぬき》に取り付けられた鎖の南京錠はすぐ開いたけど、閂がさびついてすげえ固くて、子供の腕力じゃびくとも動かなくてさ。三人がかりでうんうん言ってるところを、忘れ物を取りに戻ってきた祖父さんに見つかって、こっぴどく叱られたんだよ。マジで覚えてないのか？　滅茶苦茶怖かったぞ、あいつの祖父さん。まあ、怒った後は、座敷でおやつ食わせてくれたけどさあ」

伊月の思い出話を聞いても、筧は盛んに首を捻るばかりだった。

「なんでやろ、忘れてしもてるわ。一生懸命忘れとうなるくらい、怖かったんかもしれへんな」

「あるいは、刑事としちゃヤバイ前科だからじゃね？」

「あはは、かもしれへん。あやうく住居侵入罪に問われるところや」

「だよなあ。法医学者としても、あんまり感心できた過去じゃねえわ。まあ、未遂だったわけだけど。だから、蔵に入ったことは、正確にはないんだ。外から見たことはあるけど」

「なるほど。ほな、今日こそ、野望が叶《かな》うっちゅう奴やね」

「野望ってほどじゃねえけど、まあな。ちょっと楽しみではある。ああほら、あそこだろ！　何となく覚えてるぞ、あの松の枝。すげえな、ずっと同じ形にカットされ続けてんだな」

伊月はいたずらっ子のような顔でそう言うが早いか、通りのずいぶん先に見えてきた立派な枝振りの松が生えた門に向かって、軽い足取りで駆け出す。

「……あー、また要らんことを思い出した。タカちゃん、あの日とまったく同じ走り方しとるわ」

目を細めてそう呟くと、筧は伊月の背中を大股で追いかけたのだった。

「ホンマに来てくれてありがとう。助かったわ。けど、休みの日にごめんねえ」

昔ながらの立派な日本家屋。

板張りの縁側に腰を下ろした筧と伊月にお茶を運んできた村松咲月は、早くもやる気満々の上下ジャージ姿だった。落ちついたブラウンに染めたマッシュルームカットの髪も、手拭《てぬぐ》いを巻いてまとめてある。

氷を浮かべた麦茶をごくごくと飲んでから、伊月は広い庭の片隅にある立派な蔵を指さした。

「や、さっきも筧と言ってたんだけどさ。今日はある意味、ガキの頃のリベンジじゃん。お前は覚えてるだろ？」

板の間に正座した咲月は、ニコッと笑って頷いた。同窓会の時は綺麗に化粧をしていたが、今日はほんの薄化粧で、限りなく素顔に近い。

そのせいか、彼女の笑顔には、小学生時代の面影が色濃く残っているような気がした。おかげで、あまり鮮明でない小学生時代の記憶が、より近くに戻ってきた気がする。

「そら覚えとうよ。祖父にあんなに叱《しか》られたん、後にも先にもあん時だけやもん。あれがあんまり怖くて、祖父が死ぬまで、蔵に入ったことはなかったわ。まあ、二人はあの日の怒られた記憶しかあらへんかもしれんけど、普段は優しい人やったんよ」

咲月は亡き祖父を庇うようにそう言ったが、伊月はむしろ違うことが気になったらしく、形のいい眉を軽く顰《ひそ》めた。

「あれ、同窓会んときは気付かなかったけど、『覚えとうよ』って、その喋り方、神戸な感じだよな。お前、今、あっちに住んでんの？」

「えっ、鋭いなあ。さすが法医学者、よう知らんけど探偵みたいな仕事してるんやろ？　それっぽいわあ」

咲月は屈託のない笑顔でそんなことを言った。

ドラマでよくある設定のように、法医学者というのは、刑事と一緒に事件を解決するために奔走《ほんそう》する職業だと、彼女は思い込んでいるらしい。

よくある勘違いをされていることに気づき、伊月は一瞬、訂正しようかどうか躊躇う素振りを見せたが、結局何も言わず、曖昧に首を傾げただけで先を促《うなが》した。

咲月は、楽しげに近況を語る。

「そうなんよ。神戸の大学に合格したから、そっからずっと神戸暮らし。就職した会社もあっちやねん。あんまり意識してへんかったけど、住んだらどうしても言葉が移ってしまうみたい」

「わかる。俺も、神戸経由ですぐ東京に越して、そっからずっとあっちだったろ。すっかり言葉があっち風になっちゃって、今さら関西弁が喋れないんだよ。喋ろうとすると、なんだかわざとらしすぎてさ」

伊月がそう言うと、咲月はサラリと同意した。

「ああ、それは喋らんほうがええわ。イラッとされるんがオチやもん。伊月君はシュッとしとうから、東京の言葉のほうが合ってるん違う？」

「こっちの言葉で言やぁ、『シュッとしてる』より、『いきってる』のほうじゃねえの？」

「そうとも言うなあ」

「なんだよ、本音はそっちだろ、むしろ」

「あはは、ばれてしもたわ。でも、シュッともしとうよ？」

どこかのんびりととぼけた味のある咲月と話をするうち、伊月の記憶がさらに戻ってくる。

（ああ、そうだ。こいつ、こんな感じで凄くあっさりしてニュートラルだから、女子って感じがあんまりしなくて、話すのが気楽だったんだよな。そんで、仲良しってほどじゃなくても、わりと喋る機会があったんだ）

そんな伊月と違い、彼と筧のことをもっとハッキリ覚えているらしき咲月は、懐かしそうに家の中を振り返った。

「二人とも、覚えとう？　この家のこと」

三人の背後にある広い座敷は、かつては近所の寄り合いや宴会に使われていたという空間だ。

畳はすっかり黄ばみ、ところどころ毛羽立ってしまっていたが、欄間《らんま》の見事な鶴の彫刻が、かつてのこの家の豊かさを物語っている。

「現場に来たらハッキリ思い出したわ。僕ら、この縁側に三人ずらっと並んで正座させられて、お祖父さんに、お前らのしようとしたことはこそ泥じゃ、言うて、えらい怒られたなあ」

「お、お前も記憶がフラッシュバックしたか」

「したした。あんなに元気なお祖父さんでも、亡くなってしまいはるんやなあ。あの、お仏壇は？　片付け始める前に、お参りさしてほしいんやけど。子供の頃の失礼

「も、もっぺん謝らんとな」

筧は姿勢を正してそう言ったが、咲月は申し訳なさそうにかぶりを振った。

「ごめん、この家はもう人手に渡ることが決まっとうから、昔からあったお仏壇は、こないだお坊さんを呼んで閉じてもらったんよ。そやから……」

「ああ、ここにはあれへんのか。ほな、村松さんの実家に？」

「ううん。私の家」

「えっ？　村松さんが、お祖父さんのお位牌《いはい》、引き取ったんか？」

「うん。その……ここに住んでたんは父方の祖父なんやけど、うちの父、兄弟がみんな早死にしてしもて一人っ子やったのに、これまた私が高校一年のときに死んでしもたんよ。高血圧がたたって、頭が……脳溢血《のういっけつ》？　こないだ死んだ祖父もそうやったから、そんな家系なんかもしれへんね。祖父はそこそこ長生きしたけど。私も気ぃつけな」

咲月はあっけらかんと説明したが、伊月は何とも決まりの悪そうな顔で、筧の脇腹を肘で小突いた。

「筧、お前、余計なこと言いやがって」

当の筧も、オロオロしながら咲月の話を遮《さえぎ》った。

「うわ、僕、無神経なこと言うてごめん。堪忍な。そんなつらい話、喋らしてしもて。ええよ、詳しゅう言わんでも」

だが咲月は、むしろ困り顔で片手をヒラヒラさせた。

「もうだいぶ時間が経ってるし、平気やって。それに三年前に母が再婚したもんやから、ぶっちゃけ、祖父の家の面倒を見られるのは、一人っ子の私だけなんよ。同窓会では、そういう細かい話はさすがにできへんかったけど」

「なるほど。じゃあ、この家の処分をひとりでやってんのか、村松。そりゃ大変だ」

「まあね。っていうても、母はじめ色んな人に相談して、力を貸してもろてやっとうから、大丈夫やって。けど蔵のことは、中の物が整理できへんうちに、いきなり業者を入れるわけにいかへんでしょう。ご先祖が大事に守ってきたもんを、叩き売りするんは嫌やし」

「そりゃそうだな。売るにしても処分するにしても、心残りのないようにしたいよな」

「そうやねん。かといって、こればっかりはひとりではどうにもなれへんし、見知らぬ人に手伝ってもらうんは嫌やし。伊月君と筧君が来てくれて、ホンマに助かったわ。ちょっとだけめんどくさかったけど、同窓会、行ってよかった」

そう言って、咲月はペコリと頭を下げた。

伊月が転校先でそれなりに平穏な日々を過ごしたのとは対照的に、咲月のほうは、ずいぶんと波乱万丈だったらしい。

そう思って改めて見ると、幼い頃はほんわかしていた咲月の顔が、大人になって引き締まったせいだけではなく、ずいぶん芯が強くなったようにも見えてくる。

伊月は感心しきりで溜め息をついた。

「それにしても、お前にそんな事情があるとは知らなかったよ。俺は親切心ってより、ほとんど好奇心からだったけど、とにかく来てよかった。なあ、筧」

筧も、お茶を飲み干して大きく頷いた。

「ホンマに。僕らで役に立てるかどうかはわかれへんけど、刑事と法医学者や。誓って悪事は働かんから、そこだけは安心してや」

咲月は、二人の顔を交互に見て、フフッと笑った。

「刑事に法医学者、なあ。昔から二人はベッタリやったけど、まさか揃いも揃ってそんな職業に就いてるなんて、ホンマ思わへんかったわ。同窓会で聞いたとき、ビックリしたもん。かっこええ仕事やね、二人とも」

いきなり褒められて、伊月と筧は顔を見合わせ、同時に頭を掻いて照れ笑いする。

「全ッ然、かっこよくなんかねえよ。……つか、呑気《のんき》に喋ってる場合じゃねえな。蔵、さっさと取りかかろうぜ」

「そやね。僕らがいる今日のうちに、力仕事はあらかたやっといたほうがええし。行こか」

そう言って、筧は立ち上がった。伊月も、残ったお茶を飲み干して、「よっこいしょ」と年寄り臭い声と共に腰を上げる。

「よろしくお願いします」

空っぽになったグラスをトレイに集め、咲月はラフなジャージ姿とは裏腹に、お茶席にでもいるような綺麗な姿勢で頭を下げた。

蔵の前に立ち、伊月は黒い瓦屋根を見上げて、「ああ、思い出すなあ」と眩しそうに目を細めた。

昔は雪のように白かった漆喰壁《しっくいかべ》は、今はやや傷んで少し黒ずみ、ひび割れが走っている。それでも、侵入者をきっぱりと拒否する建物の堅牢《けんろう》さと厳《いか》めしさは、少しも変わっていなかった。

遠い日、大人の留守に蔵へ入るという作戦は、伊月にとっては人生初の大それた悪事であり、ワクワクするような大冒険でもあった。

二階建ての漆喰塗りの蔵は、子供の頃は今よりずっと大きく見えていて、幼い伊月としては、物語の中の、貴族の屋敷に忍び込む盗賊のような心持ちだったのである。

決行前夜は、「開けてはいけない箱」を開け、そこから飛び出してきた怪物と戦う夢を見て、自分の叫び声で飛び起きたほどである。

そんな子供時代の浮き立つような気持ちが甦《よみがえ》ってきて、伊月は我ながら呆れるほど弾んだ声を出してしまった。

「なあ、あの閂、今日はちゃんと開くんだろうな？」

すると咲月は、呆れ顔で蔵の扉を指さした。

「ちゃんと見て。昔とは違って、とっくに近代的な鍵になっとうよ」

「あ、ホントだ。そこだけ全然違ってる」

伊月は目を丸くした。

以前は大きな閂に、太い金属製の鎖と巨大な南京錠という古典的な施錠方法だった蔵の扉は、いつの間にかまだ新しさが残る鉄製の扉に取り替えられ、その扉には電子錠が埋め込まれていた。

「それ、番号打ちこむ奴？　祖父さんから、番号教えてもらってたのか？」

問われて、咲月は苦笑いでかぶりを振った。

「ううん。亡くなってから、年寄りやから絶対そうしてると思って手帳を調べたら、案の定、色んなもんの暗証番号やらクレジットカードのパスワードやらが書いてあって、助かったんよ。蔵の電子錠の番号もそう。書き写してきたわ」

そう言うと、彼女はジャージのポケットから小さな紙片を引っ張り出し、それを見ながら液晶画面に表示される数字キーを慎重に押し始めた。

やがて、ガチャッという大きな音と共に、驚くほど分厚い防火扉が、浮き上がるように僅かに開く。

「とうとう、前回と同じメンバーで、リベンジ決行やね……って言うても、私は祖父が死んでから、いっぺん入ったんやけど。でも、なんや怖くて、すぐ出てきてしもたわ」

先刻の伊月とよく似た言葉を口にして、咲月は扉に手を掛ける。

だが筧は、やんわりとそれを制止した。

「中に入る前に、この蔵をお祖父さんやと思うて、拝ませてもらうわ」

彼はそう言うと、蔵に向かって大きな両手を合わせ、頭を軽く垂れて目を閉じた。

「村松さんのお祖父さん、子供のときは、失礼しました。今日は、片付けの手伝いっちゅうことで、堂々と入らして貰います。許してくださいっ」

「お、おう。そうだな。俺も。……今回は合法的にお邪魔しますっ」

伊月も筧の隣で合掌し、ギュッと目をつぶって、咲月の亡き祖父に挨拶をした。

正直なところ、咲月の祖父がどんな風貌《ふうぼう》だったか、伊月はあまりハッキリと覚えてはいない。

たぶん、わりに痩せていて、髪を丸刈りに近い短さに整えていたはずだ。そのせいで、服装は普通の年寄りのそれだったのに、どこか僧侶《そうりょ》めいた雰囲気があったように記憶している。

二人が合掌を解くと、咲月は改めて、両手で取っ手を持ち、体重を掛けて扉を開けた。

遠い日にとうとう入ることができなかった蔵の内部が、闇を切り取ったようにぽっかりと口を開けている。

伊月は思わずゴクリと生唾《なまつば》を飲んでから、咲月について、筧と共に蔵の中に入った。

「ええっと、照明のスイッチがこのへんに……」

闇の中で、咲月はそんなことを言いながら、入り口近くの壁面を探る。

ほどなく、幾度か点滅してから、天井に取り付けられたむき出しの蛍光灯が灯《とも》った。

窓がなく、木製の棚がズラリと並んでいるので、何とも言えない息苦しい閉塞感がある。

今は蔵の扉が大きく開け放たれているからいいようなものの、もし、扉が閉まったら、さぞ恐ろしいことだろう。

「うわあ……。俺、蔵って初めて入った。閉所恐怖症の人の気持ち、ちょっとわかるな。密閉された！　って感じがする」

そんな伊月の素直な感想に、筧も興味津々で蔵の中を見回しながら同意した。

「ホンマやね。時代劇で、よう蔵に閉じこめるお仕置きがあるけど、確かに怖いわ。子供が入り込んで、閉じこめられたら危ないっちゅうんも納得やな。お祖父さんがあないに怒りはったんも」

咲月もしみじみと頷いた。

「ホントに。祖父の心、孫知らずやね。さてと、感傷に耽《ふけ》ってても仕方ないから、始めましょか」

そう言うと、咲月は持参した軍手を、筧と伊月に一組ずつ渡し、自分も嵌めた。

「始めるって、どこから、つか何から？　すげえ箱だらけだけど」

伊月が呆れ顔で言うとおり、目に付く限り、二段ある棚には、木箱や段ボール箱がズラリと並んでいる。しっかりした階段が設置されているので、二階にもそれなりに物があるに違いない。

すると、そこはしっかり考えてあったのだろう。咲月は、迷いなくこう言った。

「まずは、一階のものを全部外に出して。で、何が入っとうか確かめて、付箋《ふせん》をつけて分類して、また種類ごとに分けて、蔵に戻す。ゴミにしかならへんもんは、その辺に放り出しておく。そんな流れで」

それを聞いて、筧はタオルを頭に巻き付けながら頷いた。

「よっしゃ、わかった。まずは、一階のもんを全部出してしまおか。重そうなもんは僕が運ぶから、二人は小さくて軽い箱を頼むな」

「おい、俺だって、多少重い奴は運べるって。女子扱いすんなよなー」

「えー、私やって、そこそこ重いものは持てるで」

「いやいや、お前は別に意地張って重いもの持たなくてもいいだろ、女子なんだから！」

「でも何か悔しいし」

まるで子供時代と何も変わらず、くだらないことで言い合う二人をよそに、筧はさっそく、手近にあった埃《ほこり》っぽい段ボール箱を、腰を落とした盤石《ばんじゃく》の体勢で抱え上げた……。

「よいしょおおおっと！」

大袈裟な声のわりに小さな段ボール箱を下ろして、伊月は軍手の甲で額の汗を拭いた。

庭にむしろを敷き、その上に蔵から出して並べた箱は、何十……いや、きちんと数えてはいないが、大小取り混ぜて、優に百は超えているだろう。

蔵の収納力というのは、なかなか侮《あなど》れないものである。

途中からは、荷物を運び出すのは男二人に任せ、咲月は箱を開けては中身を確かめ、品目を書き付けて箱の上部に貼り付ける作業に専念している。

「どんな感じ？　金目のもんはあったか？」

伊月が声を掛けると、白い紙に「和食器」とでかでかと書き付けながら、咲月は答えた。

「んー、そうやねえ、やっぱり和食器が多いわ。父方は、もともとは大阪で大きな料亭をやってたらしいから、そのせいやろね」

「へえ」

伊月は咲月に歩み寄り、まだ開けたままの段ボール箱の中を覗き込んだ。なるほど、中には器が収められているらしき桐の箱や、新聞紙に包まれた皿などがぎっしり詰まっている。

「料亭か。すげえな。あの祖父さん、料亭の主《あるじ》だったわけ？」

「ううん、戦争中、空襲でお店が焼けて廃業を余儀なくされたから、祖父自身は料亭の主になるチャンスはなかったみたい。祖父も父も会社員やったよ」

「なるほど。じゃあ、食器は、空襲を免《まぬが》れた奴ってわけか」

「そうなんやろね。普通の家に、こんなに大量の食器はないもん。たぶん、そこそこええもんを選んで、残しといたんやと思う」

「はー、なるほどな。どうすんの？」

その問いに、咲月は躊躇なく答えた。

「売る」

「売っちゃうんだ。せっかく置いてあったのに？」

「だって、うちは普通のマンションやもん。こんなにたくさん食器は入らへんし、値打ちもわからへんし。祖父が親しくしてた骨董屋さんに、売れそうなもんは買ってもらって、あとはリサイクルショップやね」

「はー、ドライだなあ」

「そんなん言われても、仕方ないやん」

「まあ、そうなんだけど。他には？」

伊月は、少し離れた場所に置かれた小さめの木箱の一群に近づいた。

壺だの、掛け軸だの、香炉《こうろ》だのと、どうやらそれらは美術工芸品の類《たぐい》であるらしい。

「こういうのも、料亭で使ってた奴かな」

「たぶんね。その辺も、売っていかなあかんね。どうしても気に入った奴が見つかったら、一つ二つは、形見として貰っとこうと思うけど」

咲月のそんな言葉に、伊月は頷いた。

「それがいいよ。そのくらいは、孫に持っててほしいだろ、祖父さんも。つか、蔵一つ分とこのお屋敷を売ったら、一財産できるな。いいな、村松、いきなり金持ちじゃん」

そんな軽口を叩くと、咲月は「私のお金にはなれへんよ」とあっさりいなした。

伊月は、意外そうに瞬きをする。

「へ？　なんで？　祖父さん、借金でもあったのか？」

「違う違う。借金なんかないて。けど、常々、うちの祖父が言うてたの。自分が死んだら、財産は全部お金に換えて、お前がええと思う福祉団体に全額寄付してくれって。身体も、何ていうの？　あの、病院でホルマリンに漬ける……」

「もしかして、篤志《とくし》解剖？　遺体、提供してくれたのかよ。や、どこの大学かは知らないけど」

驚く伊月に、咲月はちょっと困り顔で頷いた。

「短い間やけど、祖父が出先で倒れて入院してたT大学付属病院で。それも、脳溢血で倒れる前から、しょっちゅう言うてたから。遺言状にも書いてあったし、言われたとおりにしたんよ。私なんか、絶対嫌やけど」

伊月は、複雑な面持ちで、低く唸る。

「俺も、あれは正直気が進まない。大事なことだし、尊いお気持ちだと思うけど、なかなか思い切れないよなあ」

咲月も頷く。

「ホントにね。確かに、遺体を預けたら、火葬まで大学でやってくれるわけやから、楽っていえば楽なんやけど。何だかお骨が返ってくるまで、ちょっと落ちつかない感じやし」

「だよな。けど、マジでありがたい。ご遺体を解剖させてもらう学生たちの代わりに、俺が感謝するよ。……ありがとうございました！」

伊月は丸まっていた背筋をしゃんと伸ばすと、再び蔵に向かって深々と頭を下げた。

蔵から大きな箱を抱えて出てきた筧は、そんな伊月の姿に、驚いて声を上げる。

「タカちゃん？　何してんの？　蔵に立ちションでもしたん違うやろな」

「なんでだよ！　ちげーよ。村松の祖父さん、献体してくれたんだってさ。だから、うちの大学じゃないけど、医学生がお世話になるんだから、お礼を言ってたんだ」

「ああ、なるほど。偉いお祖父さんやなあ」

感心しきりでそう言い、筧はむしろの空き場所に、箱をそっと下ろした。

「村松さん、一階の箱はこれで全部やで。どうする？　一階の分を先に仕分けしてしまう？　それか、二階の分も全部下ろしてから、いっぺんに分類して種類ごとに置き直そか」

そう訊かれて、油性マジックを持ったまま、咲月は首を傾げた。

「そうやねえ。私、前に入ったときは二階には怖くてよう上がらんかったから、何がどれくらいあるんかわからへんけど……先に全部出してしもたほうが、話が簡単かも」

「せやね。ほしたら……」

筧は踵《きびす》を返そうとしたが、伊月は、ふと思い出したように咲月を見た。

「なあ、そういえば、アレ、どうなってんだ?」

「アレ?」

「ほら、お前が言ってたんじゃん。この蔵の中には、『開けちゃいけない箱』があって、それを開けると、中身に呪われるとか何とか」

「ああ、アレ」

咲月は口元に手を当て、クスクス笑った。あまり大きくない目が三日月形になって、さも面白そうに伊月を見る。

「何だよ」

「だって、まさかまだ信じてるん?」

「えっ、まだ……って?」

「あれは、子供が勝手に蔵に入って事故を起こさへんように、祖父が脅かし目的で嘘ついたんやと思てるねんけど。普通に考えたらそう違う？」

からかうようにそう言われ、伊月はほっそりした顔をたちまち赤らめた。

「お、お、俺だって、そう思ってるよ！　当然だろ！　い、一応訊いてみただけでッ」

その狼狽《ろうばい》しきった口ぶりが、実は彼がそれなりにまだ信じていたことを雄弁に教えている。

筧も、笑いを噛み殺したおかしな顔つきで、フォローを試みた。

「そ、そうやんな。朝からずっと、箱を出すたびに、僕に『これは呪いの箱じゃねえよな』って確認してたんは、ただの冗談やんな？」

「筧ィ！」

フォローというより、火に油を注《そそ》ぐような親友の発言に、伊月は悲鳴じみた情けない声を上げる。

咲月はとうとう本格的に笑い出してしまいながらも、「ごめんな」と伊月に謝った。

「私が昔に要らんこと言うたばっかりに、伊月君、信じてへんまでも、ずっと気にしてくれてたんやね。ありがとう」

「そ……そうだよ！　気にしてただけだよ！　信じてたわけじゃねえし！」

やはり躍起になる伊月の肩をポンポンと宥めるように叩いて、筧は言った。

「うん、ほな、一階にはそれらしきもんはなかったことやし、二階を確かめに行こ。もしかしたら、二階に何ぞあるかもしれへんし」

「ねえよ！　いい加減、からかうのはやめろよな。つか、そうだ。早く出しちまわないとヤバイな。もう二時過ぎてる。分類して戻すまでは、今日じゅうにやっちまわないとまずいだろ」

伊月は腕時計に視線を落とし、ちょっと慌てたようにそう言った。伊月の腕時計を横から覗き見て、咲月も「嘘っ、もうそんな時間？」と驚きの声を上げる。

「さっき、お昼食べたばっかりやと思ってたのに。急がなあかんわ。二階、行こ」

「おう」

三人は気合いを入れ直し、速《すみ》やかに二階の荷物を運び下ろしにかかった。

ところが、いちばん先に白木の階段を上った咲月が、「あら？」と意外そうな声を上げた。

それを聞きながら後に続いた伊月と筧も、拍子抜けして、階段を上がったところで立ち尽くす。

箱に埋め尽くされていた一階部分とは対照的に、それなりに広い二階は、ガランとしていた。

明かり取りのごく小さな窓が切ってあるので、一階と違い、外の光がそこから細く差し込んで、室内は薄明るい。

そのリボンのような光がちょうど照らしているのは、ただ一つ、床のど真ん中に置かれた、やけに大きな木箱だった。

「荷物、一つしかないぞ。しかもあの箱、今日イチでけえぞ。何が入ってんだ？」

伊月の声に、咲月も困惑気味に頷く。

「うん。何やろ。よっぽど大事なものを、二階に置いたんやろか」

だが、いち早く箱に近づいた箟は、つんのめるように足を止めた。その面長な顔が、みるみるうちに引き締まっていく。

そんな箟の変化に気づき、伊月は軽く顔を顰めた。

「箟？　どした？」

すると箟は、いかにも不審げに、人差し指で箱の蓋《ふた》を指さす。

「タカちゃん、これ、何やヤバそうやで」

「は？」

「ヤバそうて、箟君」

顔を見合わせる伊月と咲月をよそに、筧は低い声で指摘した。

「お札」

「へ？」

「蓋の上と、蓋と本体との繋ぎ目んとこ、お札が山ほど貼ってある。これ……お札やろ？」

「……うわ」

反射光でよく見えなかったが、角度を変えて近づいてみると、確かに、木箱には茶色く変色した古そうなお札がベタベタと貼ってあった。朱墨《しゆずみ》は色褪《いろあ》せてほとんど読めないが、黒々した毛筆の筆跡は、確かに真言らしき漢字の羅列や、丸や直線で書かれた怪しげな模様などである。

伊月は、思わず一歩後ずさった。その顔は、明らかに青ざめ、引きつっている。

「待て待て待て、祖父さんのアレ、脅しとか嘘じゃなかったっぽくね!?」

咲月は、信じられないといった様子で小さく首を振った。

「まさか、そんな。そしたら、これが祖父が言うてた、『開けたらあかん箱』？　そやけど、何が入ってるっていうんやろ」

「わかんねえけど、ヤバイって。何か開けたらヤバイ感しかしないだろ、この封印っぽい奴」

「確かに……ヤバそやね」

伊月と咲月は、軽く怯えた様子で箱から一定距離を保って立ち尽くす。

だが、さすが刑事というか、基本的に現実主義者というか、筧は、軍手の手のひらで、無造作《むぞうさ》に箱の蓋に触れ、お札をさらりと撫でた。

「うわわっ、筧、呪われたらどうすんだよッ」

伊月は血相を変えて制止しようとしたが、筧は平気な顔で、木箱を今度は軽く叩く。

「わああ！　やめろって！」

「筧君、そんなんして、呪われたら……」

「アホな。二人とも、実は本気で信じとったんか？　呪いの箱なんて。っちゅうか、たとえそうやとしても、開けへんかったら呪われへんのやから、蓋を触るくらいは平気やろ」

制止しようとした伊月と咲月は、筧に呆れ顔で見られて、恥ずかしそうに、しかし真剣な面持ちで口々に言い返した。

「そやけど、何や怖そうやん。その箱だけ別個に置いてあるし、お札なんて、他の箱には貼られてへんかったよ？」

「そうだよ。それにその箱、だいぶ古そうじゃん」

「そうやねんけど……」

筧は蓋の上で手のひらをすべらし、首を捻った。

「な……何だよ？　もしかして、もう手が痺《しび》れてきたとか、そんな呪いが」

「んなアホな。そうやのうて、この箱、古そうやけど、綺麗やねん」

「えっ？」

「は？」

目を剝《む》く二人に、筧は手のひらを向ける。

「軍手に、あんまし埃がつかへん。一階にあった他の箱はけっこう埃を被っとったのに、この箱は、わりに綺麗や。これ、亡くなったお祖父さんが、生前は綺麗に拭いてはったん違うかな」

「祖父が？」

咲月は意を決したように、慎重に箱に近づいた。そして、蓋の上に埃があまり積もっていないことを自分の目で確かめ、まだ硬い表情で筧の顔を見上げた。

「刑事の勘？」

「中に入ってるんは危ないもんやないって、刑事の勘が言っとうん？」

「え？」

ストレートな質問に、筧は面食らって大きな目をパチパチさせた。

「い、いや、そないなもんは、まだ僕にはないし、怖いかどうかなんてことはわかれへんけど……。僕は呪いとかは、あんまし信じてへんねん。幽霊までは、ギリ信じてもええけど」

「祖父は、この箱の中身を大事にしてたと思う？　そのくらいは、刑事の勘やなくてもわかるやん？」

咲月は、なおも問いを重ねる。筧は、少し考えてから頷いた。

「一階に比べたら、二階は床にも埃が少ないやろ。お祖父さんはひとり暮らしやってんから、お祖父さんがここだけ掃除してはったと考えるんが、正しいん違うかな」

「確かにそうやね。一階は、マスクを買い忘れたんを悔やむくらい、埃っぽかったもんね」

そんな二人のやり取りを聞くうちに、恐怖と好奇心が拮抗《きっこう》してきたのか、伊月が蟹《かに》歩きでジワジワと近づいてきた。

「けど、蓋と本体を跨《また》ぐ形で貼り付けてあるお札が一枚も切れてねえってことは、久しく開けてないってことだぞ。やっぱ、そのお札、封印なんじゃねえの？」

するど咲月は、軍手を嵌めたままの手を軽く打ち合わせた。

「仏像！　もしかして、箱の中身、仏像と違う？」

「あ！」

「それかもしれんね！」

他の二人も、納得の声を上げる。

「なんで蔵にしまい込んでるんかはわからへんけど、大事な仏像が入っとんかもしれへんね。それやったら、祖父が大事にして、綺麗にするんもわかるし、子供が弄《いじ》らんように、呪いで脅かすんもわかる話やわ」

咲月はちょっと明るい声を出し、伊月も高速で何度も頷く。

「それそれ！　絶対それ！　だったら、お札ベタベタも納得だよ。きっと、開けても大丈夫だな。ちゃんと失礼がないように拝めば、怒られないだろ」

咲月も、それに同意した。

「そうやね。開けて、どんなもんか確かめてから、お寺さんに相談すればええよね。開けんとどうしようもないし」

「ほな、僕が開けよか。お札、手で切ってもええやろか。それか、下からカッターをる。


筧はそう言って、蓋と本体を繋げているたくさんの札の一枚に触れてみた。よほど古いらしく、札は、カッターを使うまでもなく、軍手の指先で容易に破れる。

「……」

「開けられそうやね」

筧は両手で、木箱の蓋の端をしっかり持った。そして、ゆっくり蓋を引き上げようとして、顔を顰める。

「あかん、これ、蓋が滅茶苦茶きついわ。密封状態やな。タカちゃん、悪いねんけど、箱の本体、しっかりホールドしとってくれる？　このままやったら、蓋を上げたら、本体がついてきてしまうねん」

「オッケー。仏なら怖くない。うん、怖くない」

まだ少し怖々ながらも、咲月の前でいつまでも怯えてはいられない。伊月はまったく平気なふりで箱の前にしゃがみ込むと、両腕で箱をしっかり抱えた。

「いいぞ、筧」

「よっしゃ。蓋を上げるで……って、タカちゃん、本体がついてきてる！　もっとしっかり押さえてくれんと」

「押さえてるって！」

伊月は全体重を掛け、箱にぶら下がるようにするが、筧がギチギチと少しずつ蓋を持ち上げようとするたび、本体の底が床から浮きそうになる。

見かねて、咲月も伊月と違うほうから箱を抱え、それでようやく、箱を安定させることができた。

「中身、あんまり重くないみたいやねえ」

そんな咲月のコメントに、必死の形相で箱を抱えながら、伊月も同意する。

「確かに。仏像って、もっと重いのかと思ってた」

「木像かも。それやったら、わりと軽いかもやし。どのみち中身はがらんどうやったりするんやろ？」

「マジで？　あ、でも、半分くらい上がったな、蓋。開きそうか？」

「うん。もうちょいやで！」

筧は慎重に、しかし力を込めて、細かく蓋を左右動かしながら、着実に引き上げていく。

まるで茶筒のようにタイトな蓋は、うんと時間をかけて、ようやく本体から外れた。

だが、すぐに中身が見えるわけではない。

大きな箱の中には、何やらこれまた古そうな布切れが、みっしりと詰まっている。今で言う「プチプチ」の役目を負っているのだろう。

「さすが仏像、厳重梱包《こんぽう》だな。……ええと、また拝んどいたほうがいい？」

「そうやね、触る前に、拝んどこ。仏さんが呪ったりはせえへんやろけど、失礼があったら、怒られるかもしれへんしな」

「そうやね。仏様、失礼します」

咲月の音頭で、篁と伊月も、口々に「失礼します」と唱和する。

三人は、そうっと広げてあったり丸めてあったりする布切れを一枚ずつ取り除いていった。

やがて、分厚い布の下に、何かが見えてくる。

咲月は、訳知り顔で言った。

「ああこれ、偉いお坊さんが被る頭巾《ずきん》と帽子の中間くらいの奴やね。こないだ、お仏壇をしまいに来てくれはったお坊さんの中で、いちばんお年寄りが被ってはったわ」

伊月は、訝《いぶか》しげに高い鼻筋に皺を寄せる。

「頭巾を被った仏像？　そんなの見たことねえけど」

「私もないけど、仏さんて、お坊さんの上司みたいなもんでしょ？　そしたら、アリなん違う？」

「上司ってお前……まあ、そうだけど。まあ、百聞は一見に如かず、だよな」

なおも布を取り除きつつ、伊月はふと、鼻をうごめかせた。

いくら綺麗にしていても、密閉しているつもりでも、何故かどこからか忍び込む埃の臭いがする。

それはともかく、埃臭さに、何やら知っている臭いが混じっている気がしたのだ。

（んー？　魚の臭い？　や、違うな。何だろな、これ。嗅いだことがあるんだけど。鰹節《かつおぶし》？　ハム？　ジャーキー？　ああ、何かそんな感じの……）

思いを巡らせているうち、ついに最後の一枚を取り去ったらしい。

木箱の中で、座禅を組んでいる人間の全身像が現れる。午後の陽射《ひざ》しが、一部箱の中に差し込み、像の胸から上をほの明るく照らしていた。

「あっ、仏さんが出てきはったな。数珠でも用意しとけばよかったやろか」

「ほんまやね。でもとりあえず、気持ちで」

そう言いながら、筧と咲月は恭《うやうや》しく合掌する。

しかし伊月は、今回はそれに倣わなかった。

さっきと同じくらい、彼の涼しげな顔が引きつっていく。

「ジャーキー……」

そんな仏像を前に口にするにはふさわしくない単語に、篁は目を開け、まだ手を合わせたまま、伊月を軽く非難するような目つきをした。

「ちょ、タカちゃん。久々にお日さんに当たりはった仏さんに、ジャーキーて、さすがに失礼やで」

「や……違う」

伊月は、震える声で「仏像」を指さした。咲月はキョトンとする。

「違うって、何が？」

すると伊月は、やはりブルブルと震える指で、箱の中身を指さし、何とも言えない情けない声でこう告げた。

「仏像……っていやあ、仏像かもしれねえけど……それ、ある意味、ジャーキーっていえば、ジャーキーなんだよ……」

間奏　飯食う人々　その二

扉を軽くノックする音に、ミチルはワンピースのボタンを留めながら返事をする。

「はあい?」

『もう着替えは終わったか?』

扉の向こうから聞こえてきたのは、龍村の声だ。

ここは、K大学医学部内にある、兵庫県監察医務室である。

正確にはまだ着替え終わっていなかったので、ミチルは「ぼちぼち」と実にざっくりした返事をした。

さすが医大時代の同期生というべきか、それを聞いてもう構わないと判断したらしく、龍村は躊躇なく部屋に入ってきた。

「検案書は?」

「書き終わった。僕も着替えるよ」

「どうぞ」

まだ首元のボタンを留めながら、ミチルはクルリと龍村に背中を向ける。どうやら、わざわざ部屋を出ていくつもりはないらしい。

そんな彼女の大雑把《おおざっぱ》さに苦笑いしつつも、こちらも敢えて出ていってくれと要求することなく、龍村はロッカーを開けた。

一日分の死臭が染みついた術衣を脱ぎ捨て、スーツに着替えながら、龍村はミチルに声を掛けた。

「今日は悪かったな、祝日だってのに、わざわざ手伝いに来させてしまって」

「いいのよ。今日はうちのほうは解剖がなかったし、伊月君が駄目なんじゃ、私が代わりに来るしかないでしょ」

「うむ。まさか伊月が、友達の引っ越しの手伝いとは思わなかった」

「引っ越しっていうか、伊月君の幼なじみの、亡くなったお祖父さんのお宅を引き払うための準備みたいよ。私もよくは知らないんだけど」

「ほう？ それはまた、風変わりな用事だな」

「なんでも結構な旧家みたいで、蔵があるんですって。その蔵を片付けるって言ってたわ」

「なるほど。蔵か。そりゃ大変だ。伊月の奴、あんな細っこい腕で、力仕事ができるんだろうか。業者を呼んだほうがよさそうな気もするが」

「大丈夫よ、もう一人、伊月君のルームメイトの刑事さんが行ってるから。彼は身体も大きいし、力持ちよ」

「そりゃ何よりだ。……よし、もういいぞ」

許可が出たのでクルリと身体ごと振り向いたミチルは、まだネクタイを首に引っかけたままの龍村の姿に、ニヤッと笑ってこう言った。

「結んであげましょうか？」

龍村は、実に迷惑そうな苦笑いで、その申し出を丁重に却下する。

「御免被《こうむ》る。少なくともお前よりは、ネクタイを結ぶのが上手いつもりだぞ」

「ちぇー。結び方、覚えておきたかったんだけど」

「やり方を知らんのに、結ぼうとしたのか！　よしてくれ。今日のネクタイは、わりにいい奴なんだ」

苦笑したまま、龍村は言葉のとおり、実に鮮やかな手つきで幅広のネクタイを締めていく。

ミチルは面白そうにそれを眺めながら、旧友をからかった。

「何だか派手なネクタイね。イタリア男みたい」

「実際、イタリア製だからな。似合うだろう？」

「そうね。少なくとも、日本ではいちばん似合うと思うわ」

真顔で請け合って、ミチルは薄手のカーディガンに袖を通した。

チラと見た窓の外は、すっかり暗くなってしまっている。

「さてと、それじゃ帰りますか」

すると龍村は、ハンガーからジャケットを取り外してこう言った。

「手伝いのお礼に、たまにはフレンチでもどうだ？　勿論、奢《おご》るよ」

それを聞いて、ミチルは顰めっ面で自分の服を指さした。

「いつもよりは多少マシかもしれないけど、安物のワンピースで、龍村君御用達のフレンチは場違いなんじゃない？」

だが、そんな懸念を龍村は笑い飛ばした。

「馬鹿を言うなよ。フレンチにも色々あるさ。今から行こうと思っているのは、気取りのない店だ。試したことはないが、ジャージで行っても怒られないくらいにな」

「ホントに？　じゃあ、遠慮なくご馳走になろうかな」

「そうしてくれ。気楽な店なんだが、ちょっとした理由があって、ひとりでは行きにくてな。連れがほしいんだ。では、行こうか」

そう言うと、ミチルの不思議そうな顔に構わず、龍村はバッグを肩に掛け、部屋を出ていってしまう。

（なんでだろ。コースが二人前から、とか？）

怪訝《けげん》に思いつつも、長い付き合いゆえ、豪快に見えて何ごとにも細心な龍村が敢えて多くを語らないときには、「行けばわかる」ということなのだとミチルは知っている。

結局彼女もそれ以上問い質《ただ》すことはせず、荷物を手に龍村を追いかけたのだった。

龍村がミチルを連れて向かったのは、ＪＲＡ駅の少し北側、阪急電車の高架を潜《くぐ》ったすぐの住宅街にある、複合ビルの二階だった。

窓の外に小さなフランス国旗が飾ってあるのでかろうじてそれとわかる、隠れ家というより他にないそのレストランの名は「ラベイユ」、フランス語で「ミツバチ」を意味するらしい。

小さな店内のインテリアは実にシンプルで、まるで綺麗好きな知人の家に遊びに来たような印象である。

黒いパンツスーツ姿のマダムにテーブルに案内され、手渡されたメニューを眺めながら、ミチルは意外そうな顔をした。

「へえ。龍村君のイメージと全然違う。素朴で可愛いお店ね」

「おい、お前の中で、僕のイメージはいったいどんなことになっているんだ。ここは、少し上等な普段使いにちょうどいいんだ。そして……ひとりで来たくない理由も、わかっただろう？」

「それは、さっぱりわかんない。ひとりで来ても、歓迎してくれそうなお店じゃない。どうして駄目なの？」

首を捻るミチルに、龍村は店の人に聞こえないよう、声を潜めてこう言った。

「住宅街の中の店だから、遅がけになるとあまり他に客がいないんだ。僕ひとりのために、店の人に付き合って貰うのは、どうにも申し訳ないだろう」

「ああ……なるほどね」

ミチルもようやく納得し、悪い笑顔でメニューを指さした。

「ってことは、店の人たちを失望させないためにも、フルコースを奢ってもらえたりするのかしら」

「当然だ。何を食っても旨いんだから、がっつり行くべきだよ。食えるだろう？」

「誰に訊いてるの？　当たり前でしょ。で、お勧めは？」

龍村も、実にシンプルな見開きのメニューを見ながら、角張った顎に手をやった。

「メインは好きに二つ選べ。何を食っても安心の味だ。前菜は……そうだな。店の推しはフォアグラだが、この、シーフードをサラダ仕立てにした奴もすこぶる旨い」

「素敵。どっちにしようかしら」

真剣な面持ちで悩み始めたミチルをよそに、既に注文を決めているらしき龍村は、おしぼりで手を拭き、疲れた視神経を宥めるように、指先で目の窪《くぼ》をゆっくりと揉んだ。

「あ、美味しい！」

ごく小さなポーションで品数が多い、ままごとのようなアミューズを平らげた後、悩んだ末に選んだシーフードの前菜を口にして、ミチルは素直な感想を述べた。

会話の邪魔をしないよう、視界の端で、マダムが嬉しそうに笑って目礼する。

「そうだろう？　僕がこの店を気に入っている理由は、クラシックな料理が丁寧に作られていることと、皿の上に余計なものが載っていないことなんだ。やけにでかい皿を使って、味よりもデザイン重視の、どうやって崩せばいいかわからないようなアバンギャルドな盛り付けをされても、仕事帰りにはそういうのを楽しむ心の余裕がないんでな」

「あー、それ完全同意。どっかり盛って、美味しいソースをたっぷりってのが好みなの。料理を食べながら、パンで存分に拭き取って食べたい」

「僕もだ。珍しく意見が合ったな」

そう言って可笑《おか》しそうに笑う龍村に、ミチルは軽く眉を上げた。

「そんなにいつも意見が衝突してましたっけ、私たち？」

「さほどでもないが、仕事においては、意見が対立……まではいかないにしても、見解が食い違うことがわりにあると思うぞ」

「まあ、確かに。だけどそれは、視野を広げるために有益なことでしょう？　揃って同じ考え方をするなら、二人いる必要はないわ」

明快なミチルの返事に、龍村も真顔に戻って同意した。

「それはそうだな。現場で長々と議論する暇はないが、たとえ短いやり取りであっても、信頼できる同僚の見解を聞けるだけで心強い。お前が手伝ってくれる日は、そういう意味で、僕は身体的には勿論、精神的にもずいぶんと楽だよ」

さっぱりしたドレッシングで和《あ》えた海老を、パクリという擬音がぴったりすぎる勢いで口に放り込むと、ミチルはもの言いたげな顔で咀嚼《そしやく》を始める。

「何だ？　改めて謝意を示すべきか？」

訝しげな龍村に、ミチルはゴクリと口の中のものを飲み下してから答えた。

「まさか。そういうのはお互い様だし。ただ、私の可愛い弟分を、毎週一度貸し出してる日についてはどうなのかしらって思っただけ」

「伊月か？　あいつはまだまだ相棒と呼ぶには頼りなさすぎる……が、そうだな。最近は、解剖助手としてはようやく、まずまず使えるようになってきた」

「それはよかった」

「うむ。あいつは、あからさまにプライドが高いわりに、恥を掻くことを躊躇わないところがいいと思う」

「っていうと？」

空き皿が静かに下げられ、グラスを空けた龍村は、飲み物のお代わりを問われる。白ワインをもう一杯注文してから、龍村はミチルに視線を戻して答えた。

「わからないことは僕にすぐ質問するし、解剖中、気になったことは、率直に言葉にするんだ。あれはいい気質だ。無知や不勉強を指摘して叱ると、ふて腐れながらも反省して、次回までにちゃんと勉強してくるところも、予想外に真面目だな。それに、まだ半分素人《しろうと》の目線で投げかけてくる疑問が、こっちにとってはむしろ新鮮なこともある。それが新たな所見を見いだすきっかけになったことも幾度かある」

「じゃあ、十分に役に立っているのね？」

「十分とは言えんよ。まだ労力的には、僕の持ち出し分のほうが多い」

「あらあら。じゃあ、むしろ私が、弟分がお世話になりまして……ってお礼を言うべきかな」

「馬鹿。それこそお互い様だ。人が少ない業界だからな。新人は、みんなで大事に育てなくては」

「ホントにそうね。正直、もう少し報われる仕事なら、人も集まるんでしょうけど」

ミチルが思わず漏《も》らしたそんな嘆きに、龍村は太い眉尻を僅かに下げた。

「何をもって報われるかは、人それぞれだと思うがな。僕は手がけたご遺体の死因がきちんと判明すれば、それで報われた気分になるぜ？　無論、司法解剖と行政解剖では、犯罪性の有無という違いはあれど、お前はそうじゃないのか？」

「それは……」

ミチルが答えかけたところで、スープが運ばれてきた。皿を置いたマダムが去るまで待って、ミチルはスプーンに手を伸ばしつつ、再び口を開く。

「それは私だって同じ。だけど、そんなことを言えるのは、私も龍村君も独身で、最初からこの道にいるからよ」

「というと？」

「養う家族がいれば、収入が大きな問題になる。子供を持てば、お金なんていくらあっても足りないでしょう？」

「そうなんだろうな。自分で稼ぐ身の上になるまで、親の金の苦労を考える頭がなかったが」

「私も」

独身の二人は、曖昧ながらに親の苦労に思いを馳せ、同時に小さな溜め息をつく。

「臨床と基礎の稼ぎは、ヘタすればケタ一つ二つ違うんだから、一度でも臨床を経験すれば、基礎に骨を埋める気には、なかなかなれないんじゃないかしら。学位論文のためにしばらく出向ってんならともかくね。しかも法医学は、臨床の片手間にやれるタイプの基礎医学じゃないし」

龍村は、難しい顔でミネストローネを掬い、低く唸った。

「金の問題は、確かにあるな。僕とて親の生前分与がなければ、今の住まいはとても買えなかっただろう」

「でしょ？　しかも、解剖が入ろうものなら、早出・残業どころか、休日の予定も簡単に吹っ飛ぶ仕事だもの。やり甲斐《がい》があっても、それに見合う収入がなければ、なかなか厳しいわよね」

「むむ。実に世知辛いが、真理だな。伊月はどうなんだ？」

こちらはブロッコリーの緑が鮮やかなポタージュを味わいながら、ミチルは軽く首を傾げた。

「伊月君が将来をどう考えてるか知らないけど、院生でいられる四年の間に、色々見て、考えればいいんじゃない？　ずっといてくれたら嬉しいけど、それはこっちの都合だし。他の道があると感じたら、そっちへ行くのもいいと思う」

「ずいぶんと物わかりのいい姉貴分だな」

「だって、これぱっかりは、いやいや出来るような仕事じゃないもの」

「確かにそうだ」

相づちを打ってから、龍村はふと思いついたように、ミチルに問いかけた。

「そういえば、お前もこの仕事を辞めようと思ったことはあるのか？　僕はないから訊くんだが」

するとミチルは、意外と深さのある器に入ったスープをすべて飲み干してしまうまで黙りこくってから、空っぽになった皿の底を見ながら短く答えた。

「いつも心のどこかで、もう辞めようかなって思ってる。実際に辞表を書いたことは、まだないけど」

その答えは、まったくの予想外だったのだろう。龍村は、珍しく驚きを露わにし、軽く身を乗り出した。

「本当か？」

そこでようやく龍村を見たミチルの顔には、常にない戸惑いの表情が浮かんでいた。

「そんなに変かしら」

「いや……どうなんだろう。理由にもよると思うが」

「理由……ねえ」

松ぼっくりのような形に小さく丸く成形したバターをナイフでざっくり切り取り、ちぎったバゲットに塗りつける。

みずからに言葉を探す時間を与えるためか、そんな動作をやけにゆっくり行いながら、ミチルはバターを塗ったパンを眺めながら口を開いた。

「慣れちゃうのが嫌だから、かな」

「慣れる？　解剖に？」

「じゃ、なくて。人の死に」

「ふむ？　わかるようなわからんような理由だな。確かに僕たちは遺体ばかりを次から次へと視る稼業だが、どんな生活をしていても、周囲で必ず人は死ぬだろう」

「それはそうなんだけど、そういうことじゃなくて」

パクリとパンを頬張って、ミチルはやや不明瞭な口調で話を続ける。

「伊月君を見てるとね、うちに来て一年経っても、司法解剖のたび、程度の差こそあれ、未だに遺体を視てショックを受けてるわけ。そのショックをなくしかけてる自分にショックを受ける……って、ややこしいか」

「ややこしや、だな」

片頬だけで笑ってしばらく考えた龍村は、言葉を探すように視線を天井にしばらく彷徨《さまよ》わせてから、ミチルを見た。

「つまり、アレか。心が凝り固まるのが嫌だと」

「ああ、そう、それ！」

ミチルは行儀が悪くならないように、指先をほんの一秒、龍村のほうに向けた。

「デスクワークをしすぎて肩凝りになるみたいに、人の死を、あるいは死が訪れた後の人体を日常的に見すぎることで、心が肩凝りみたいになってる気がするときがあるのよ。普段はそれにまったく気付かずにいるんだけど、たまに風変わりな事件が来ると……まあ、昨日来たんだけど、そういうときに、ガチガチに凝ってた心にうわーっと血液がたくさん流れて、また元気に動き始めるのがわかるわけ。それがすっごく自己嫌悪で」

龍村は、わかるようなわからないような顔で、うっすらヒゲが伸び始めた顎に手を当てた。

「心が再び柔軟になるなら、いいんじゃないのか？」

「いいんだけど、嫌なのよね。まるで、自分に刺激をくれる奇抜な事件を待ちかまえてるみたいじゃない。私たちの仕事って、テレビドラマの中では確かにそんな感じだけど、実際は違うでしょう。つまんない事例なんて一つもない。どれも突然の死に襲われて、死因が定まっていないという意味では、みんな同じ。そこに悪い意味での『慣れ』が入り込んでくるのが嫌で、たまにしばらく現場を離れたくなるのよ。そうしたら、また伊月君みたいになれるかなって」

普段、短い文章をぶっきらぼうに喋る癖があるミチルが、やけに長々と言葉を紡いだことに軽く驚きつつ、龍村は彼女が放った言葉を胸の中で十分に咀嚼してから言葉を返した。

「確かに、特に犯罪性がないことが大部分の行政解剖だと、忙しいときは、解剖がルーティンワークのようになってしまうときはあるな。僕も、一日の終わりに反省することがある」

今度は、ミチルが少し驚いて目をまん丸にする番だった。

「龍村君も？　やっぱりこれって、中堅どころ特有の悩みなのかしら。都筑先生なんかは、とっくにそういうのを超越しちゃった感じがするもの」

「かもしれんな。だが、現場を離れたからとて、再びどんな症例にも瑞々《みずみず》しく心を揺らせられるかといえば、そうはなるまいよ。新人の心に戻れることは、二度とないと思うぞ」

「やっぱり？」

「僕は、そういう物憂い期間が、法医学者としての成長段階に必ず存在するんだろうと思っている。そこで、お前のように自分の心の凝りに気付いて苦しめるかどうかで、その先が変わってくるんじゃないか？」

「……だといいわね。成長段階か。そう思うと、少しは気持ちが軽くなる。話してみてよかった」

ようやくいつものタフな表情に戻ったミチルに、龍村はニッと笑った。

「お役に立てれば何よりだ」

タイミングよく、会話が途切れるのを待って目の前の皿が下げられ、一皿目のメインが運ばれてくる。

龍村の前には白身魚のポワレ、ミチルの前には、ほたてのムースのパイ包み焼きの皿が置かれる。

それぞれの料理に合わせて、皿も一品ずつ異なるものが使われていた。

こんがりふっくらドーム型に焼き上がったパイ皮を嬉しそうに眺めつつ、ミチルはふと、口を尖らせた。

「っていうか！」

「……今度は何だ？」

「同期に諭《さと》されるって、何だか悔しいんですけど！」

本気で悔しがっているらしきミチルの膨れっ面に、龍村は広い肩を僅かに落とした。

「お前って奴は。たまにはそういうこともあるだろう。逆に、僕がお前に諭されることもあるだろうし」

「そうだけど、何だろ。伊月君に諭されるより、ある意味悔しいわ。……って、そういえば、今日は何の連絡もなかったけど、大丈夫だったのかな、あの子たち」

「スマホはチェックしたのか？」

「着信ランプがついてなかったから、大丈夫だと思ったんだけど。今日はバタバタしてたから、その程度のチェックしかしてなかったな。一応、ちゃんと見とこ」

「そうしろ」

龍村が、パリッと焼き上がった魚の皮に嬉しそうにナイフを入れるのを横目に見つつ、ミチルはバッグからスマートホンを取り出した。

そして、「うわ！」と驚きの声を上げる。

龍村は、ナイフを持つ手をピクリとさせた。

「何だ、何か連絡が入っていたのか？」

するとミチルは、半ば呆然とした顔で、真っ黒の液晶画面を龍村に示した。

「違う。連絡が来てないんじゃなくて、充電が切れてた！　そっか、昨夜、テレビを見ながら寝落ちしちゃったから、充電忘れてたんだった……！」

「馬鹿か、お前は。すぐチェックしろよ」

龍村はすぐさまナイフとフォークを置き、傍らの椅子に置いたバッグから、小さなバッテリーとコードを取り出してミチルに差し出した。

「ありがと。ちょっと借りる」

さすがに慌てた様子で、ミチルはスマートホンにコードを差し込んだ。しばらく待つと、とりあえず起動はできるようになる。

「バッテリーを繋いだままスマホを使っちゃいけないって話だけど、そんなこと言ってる場合じゃないわよね」

「確実に、スマホの寿命を気にしている場合ではあるまいよ。何もないといいが」

「うう……久々にやっちゃった」

そう言いながら、しばらく無言でスマートホンを操作していたミチルの顔が、突然百面相を始めた。

キョトンとしたり、驚いたり、呆れ顔になったり、軽く笑ったり。

メールの文面を読んでいるようなのだが、とにかく表情が目まぐるしく変わっていく。

最終的に、妙にくたびれた笑顔に落ちついたミチルに、龍村は完璧な焼き具合の魚を味わいながら問いかける。

「何か、事件が入っていたのか？　呑気に飯を食っている場合ではなかったとか？」

だがミチルは、表情を変えずにボソリと言った。

「ううん、でもあり、うん、でもあり。でも、ディナーは最後までいただくわよ。どうせ、司法解剖は明日だから」

「ああ？」

「伊月君がやらかしてた。写メが来てたわ。はあ、あの子、ある意味『持ってる』わね」

「どういうことだ？ 伊月の奴、蔵の片付けに行っていただけだろう？ 行き帰りの道で、交通事故にでも遭ったのか？ あるいは、蔵で怪我《けが》とか？」

「ううん。本人はいたって元気みたい。すっごいテンションで、メッセージを寄越してきてる」

「……ふむ？」

ひたすら訝るしかない龍村の鼻先に、ミチルはバッテリーを付けたままのスマートホンを突きつけ、こう告げた。

「お友達の蔵の中で、年代物の素敵なミイラを見つけたんですって。しかも、憎形《そうぎょう》」

「憎形だと？」

伊月がメールに添付してきた写真を見て、龍村は目を剝き、それから、片頬でニヤリと笑ってミチルを見た。

「おめでとう。明日は、凝り固まった心に血液が雪崩《なだれ》を打って流れ込みそうだな」

「お陰様で。今年はミイラの当たり年かしら。嬉しいわ～」

言葉とは裏腹に脱力しきった口調でそう言うと、ミチルはカトラリーを取り、やけっぱちの勢いで、パイ皮にナイフを入れた……。

三章　ないしょのはなし

「あらやだ」

それが翌朝、解剖室に一歩踏み込むなり、ミチルが口にした言葉だった。

いつもは遺体が寝かされているはずの大理石の解剖台には、今日は僧形のミイラが、座った状態で置かれている。

昨夜、伊月が送ってきた写真で見たのと寸分違わぬ姿だ。

「あらやだはこっちの台詞《せりふ》ですわ、先生。先生んとこの若い衆は、うちの筧と出掛けるたびにホトケを拾ってきはる癖でもあるんですかね。……まあとにかく、おはようございます」

大学の地元であるT警察署の中村《なかむら》警部補は、大袈裟な顰めっ面で開口一番に苦言を呈しつつ、それでも座っていたパイプ椅子から即座に立ち上がった。

彼に従う部下たちも、上司に倣って作業の手を止め、ビシッとミチルに朝の挨拶をする。

警察組織は完全なる体育会系、言葉を換えると厳然たる縦割り社会なので、部下の言動は、上司の態度を映す鏡のようなものだ。

まだまだ女性を一段下に見る人間が少なくない中、自分に対する敬意を態度で示してくれる中村警部補は、ミチルにとっては仕事がしやすい相手だった。

「おはようございます。ホントに伊月先生と筧君ってば、よっぽどご遺体に好かれているのね。法医学者と刑事の組み合わせじゃ、無理もないか」

「……そのコンビに、ちょいちょい伏野先生が挟まっとることは、まあ今日は言わんときます」

ミチルと軽口の応酬をしながら、中村警部補は並んで立っている伊月と筧をチラと見た。

伊月は白衣、筧は出動服と服装こそ異なってはいるが、二人揃って決まり悪そうな顔をしているあたり、まるで小学生の立たされ坊主のようだ。

そんな二人の姿にニヤリと笑って座り直した中村は、スーツの腿の上で書類が挟まったバインダーを開いた。

「状況は、そっちの二人からもう聞いてはるかもしれませんけど……」

「身内から聞いた話じゃ、仕事の根拠にはできないですから。いつもどおりお願いします。陽ちゃんも、お願いね」

書記席に座った技師の森陽一郎にも一声掛けてから、ミチルは技師長の清田から手術用手袋を受け取った。

ミチルの視線だけで万事了解した清田は、さっそく愛用のカメラに手を伸ばす。

「ほな、始めましょうか」

軽い咳払いを一つしてから、本格的に仕事モードに入ったことを部下に知らしめるように、中村は背筋をしゃんと伸ばした。

「現場はT市内の、村松徳蔵《とくぞう》邸。詳細な場所は、またあとで伝えますわ」

後半は、陽一郎に向けた言葉である。陽一郎は小さく頷いただけで、中村のほうを見ずにペンを走らせ続ける。

「聞いてはるでしょうけど、家主の村松徳蔵氏はすでに亡くなっとります。通報は、午後二時四十六分。通報してきたのは、第一発見者のひとりであり、徳蔵氏の孫の村松咲月さん。その他の第一発見者は言うまでもなく、うちの筧と、お宅の伊月先生っちゅうことです」

どうやら昨日、中村からさんざん小言を言われたらしい。筧と伊月は、やはり揃って直立不動のまま口を噤《つぐ》んでいる。

そんな若者たちの様子をチラと見て、中村は気障《きざ》な仕草で肩を竦めた。

「篁はともかく、伊月先生までそない黙りこくられたら、昨日、僕が目から血ぃ出るくらいしばいたみたいやないですか」

声を掛けられ、伊月は、珍しいくらいしおらしい態度でボソボソと言った。

「別に怒られたわけじゃないですけど、何ていうか、あれこれ迷惑かけてる自覚はあるんで」

「そらよかったです。篁、当事者の警察官として、お前がちゃんと説明せんかい」

「はいっ」

忠犬よろしく上司に駆け寄った篁は、しゃちほこばって口を開いた。

「発見現場は村松徳蔵邸の蔵の二階です」

「こちらが現場の写真で。外観がこちら。立派な蔵ですわ。で、こっちが二階。発見当時の状況を再現してもらいました」

中村が、書記机の上に現場の写真を並べて置く。ミチルは、上半身を軽く屈めて、写真に見入った。

「ずいぶんガランとした蔵ね。箱一つだけ？　他の荷物はもう出しちゃったの？」

筧は、そんなミチルの頭のつむじを見下ろして、話を続ける。

「いえ、一階にはたくさん荷物が入ってたんですけど、二階には、このホトケさんが入ってたでっかい木箱がでーんと据えてあるだけでした。一階と違《ちご》うて、二階は綺麗に掃除されとりましたんで……」

「少なくとも二階には、人の出入りがあったわけね？　村松徳蔵氏は、独居だったのかしら」

見上げてくるミチルに、筧は頷く。

「そうです。おそらく、村松徳蔵さんご自身が定期的に掃除をしてはったんやと思います。お孫さんにも、蔵への勝手な出入りは許してへんかったそうなんで、他人を入れたことはまずないと思います。この箱だけには、埃も積もってませんでした。ただし、箱にはベタベタに古いお札が貼ってあって、長いこと開けたことがないようでした」

「これが、ホトケさんが入っとった、こいつらがぶっちぎったお札つきの箱ですわ」

絶妙なタイミングで、中村が次の写真を置く。

なるほど、縁が変色し、朱墨の色が褪せた護符は、ずいぶん古そうだ。木箱の蓋と本体を跨ぐ感じで貼られた護符は、境目で見事にちぎられていた。

「これ、切ったのは筧君？」

「はい、僕です。開けたんも、僕です。タカちゃ……伊月先生に箱本体をホールドしてもろて、僕が蓋を持ち上げました」

「蓋を開けたとき、隙間に詰まっとったもんがこれやそうで。どれも木綿の布ですわ。必要なようやったら、こういうんに詳しい大学の先生に見てもらいますけど、まあ見るからに古そうですな」

今度は中村は、傍らのベンチに置いてあったビニール袋を取り上げた。透明な袋の中には、なるほど、これまた色の褪せた布切れがぱんぱんに詰まっている。

「そうね。端布《はぎれ》を集めて、梱包材代わりにしたってところかしら。乾燥剤も兼ねていたのかも」

ミチルの言葉に、中村も興味深そうに頷いた。

「そうかもしれへんですね。布は湿気をそれなり吸うやろし。ほんで、その布を全部どけたところ出てきたんが、あのホトケさんですわ。なあ、筧」

「はい。最初、仏像やと思い込んでたんですけど、タ、伊月先生が、ジャーキーや言うて」

伊月を何度もタカちゃんと呼びそうになり、筧はその都度口ごもりながらも、訥々《とつとつ》と説明を続ける。

一方の伊月は、子供のような膨れっ面で口を挟んだ。

「そこはわざわざ言わなくてもいいだろ！　ジャーキーっぽい匂いがしたから、そう言っちまっただけだよ。すぐ仏像じゃなくてミイラなんだって気がついた！」

「当たり前でしょ。駆け出しって言ったって、法医学教室に一年以上いるんだから、その程度のことがすぐにわからなくてどうするのよ」

冷ややかに後輩にツッコミを入れ、ミチルは解剖台に近づいた。真正面から、僧服を身につけたミイラと向かい合う。

「これ、よく本で見る即身仏《そくしんぶつ》っぽい」

ミチルの言葉に、中村も頷く。

「僕もテレビで見たことありますわ。せやけど即身仏っちゅうんは、東北あたりのいくつかの寺で作られたミイラやて聞いた気がするんですけど」

「そうね。即身仏っていうのは本来、即身成仏した行者のことを広く指す言葉だそうだけど、一般的には、そうした行者の遺体がミイラ化したものを意味するわよね」

ミチルのどこか曖昧な表現に、やっといつもの調子を取り戻しつつある伊月は、彼女の横に立って問いかけた。

「ミイラになるんじゃない即身成仏ってのもあるんですか？」

「んー、私も宗教にはそこまで明るくないから、厳密な説明にはなってないかもしれないけど」

ミチルは記憶を辿るように白い天井を仰いで言った。

「即身成仏ってのは、この世で人間が行を通じて大きな悟りを開いて、肉体を持ったまま仏になることを言うんですって」

「はー……」

「だから、修験道《しゅげんどう》なんかでは、山伏《やまぶし》に神霊が降りた状態のことも、即身成仏って表現することがあるらしいわ」

「やけに詳しいっすね」

「学生時代に、興味があって少し調べたことがあるの。その記憶を引っ張り出して言ってるだけなのよ。だからふわっとした話になっちゃうけど」

学生時代は、今より暇だったもんだから……と、恥ずかしそうに告白するミチルに、伊月は感心した様子で言った。

「や、知識としちゃ十分でしょ。俺たち、即身仏のスペシャリストじゃねえし。でも今、中村さんが、即身仏は東北の寺で何とかって」

「ええ。現存する即身仏のうち、多くは山形県のお寺にあるんですって。いわゆる出羽三山《でわさんざん》で修行した人の中に、即身仏になる人が多かったようね。有名なのは、湯殿山《ゆどのさん》だったかな……」

「あー、なんかその名前、聞いたことがある！　なんだっけ、何とか海……上人……？」

「真如海上人《しんにょかいしょうにん》だったっけ、有名よね。中村さんがテレビで見たのも、真如海上人じゃない？　こう、手をクロスして座禅を組んだ状態で、ここにいるミイラみたいに、後ろに垂れのある頭巾と、オレンジ色の凄く綺麗な衣を着た……」

「ああ、それですわ！　偉い坊さんやったんでしょう？　なんや、食いもんを制限しまくって死ぬから、死体が腐らんとミイラになるて聞きました」

中村はポンと手を打ってそんなことを言う。

「木食行《もくじきぎょう》と言われるものね。密教系のお坊さんはもとから肉食をしないけれど、さらに、米や麦なんかの穀類を断つの」

伊月は驚いてミチルを見る。

「ノー主食？　まさか、今で言うところの糖質制限ダイエット的な？」

ミチルはちょっと笑って頷いた。

「確かに、究極の糖質制限ダイエットね」

「肉駄目、魚駄目、主食駄目だったら、何食ってたんです？　野菜？」

「厳しい行では、火食《かしょく》……火を通した料理も駄目だそうだから、木の実とか草とかが主な食べ物だったみたいね」

「めっちゃ最先端じゃないです？　糖質制限にローフードってことじゃないですか。意識高い系か！」

妙なことで感心する伊月に、ミチルは頷く。

「仏を目指すくらいだから、間違いなく意識は高いでしょ。おそらく、ギリギリの栄養で命を保ちながら、体内の脂肪とタンパクを削り続けたんでしょうね」

「……なんでですか？」

大人しくしていた筧が、好奇心を抑えきれなかった様子で、おずおずと質問する。同様の疑問を持っていたのだろう、中村も筧を窘《たしな》めることはしなかった。

ミチルは、常識を語る口調で筧に告げる。

「だって、脂肪を削《そ》ぎ、肉を削いでいけば、その人の死後、身体を腐らせる張本人の腐敗菌が食べるものがなくなるでしょう？　腐敗菌が生きにくい、すなわち腐りにくいってことよ」

「あー、なるほど。腐るもんがなくなれば、腐らへん……。確かにそうですね。せやけど、そんなこと可能なんですか？」

「さすがにゼロにはできないわ。でも、そうやってみずからを文字どおりの『骨と皮』に近づけていって、最終的には水分も断てば、かなり周到に、ミイラ化するための条件を整えることはできると思う」

「水分を、断つ……ですか？」

「ミイラ化っていうのは、早い話が、腐敗より先に身体の乾燥が進むって状態になって初めて起こるものだから。体内の水分が少なければ少ないほど、ミイラ化する確率は上がるってわけ」

「なるほど！　それは僕にもわかりやすい理屈です」

子供のように何度も頷く寛に、ミチルはこう続けた。

「とはいえ、みずからの努力だけで完全なミイラになることは、さすがに無理よ。長年、存在を保てるほどのミイラを完成させるには、どうしても仕上げに他人の手が必要。だからこそ、今は即身仏になること、すなわち生入定《いきにゅうじょう》は不可能なの。手伝った人が自殺幇助《ほうじょ》罪に問われてしまうから」

「なるほどなあ……。だけど、東北にしかその即身仏がないんじゃ、これは違うのかな。ルックスは滅茶苦茶それっぽいけど」

伊月は不思議そうに首を捻る。だがミチルは、すぐにそれを否定した。

「ううん、多いってだけで、他の地方にもあるにはあるの。新潟にも福島にも長野にも……他にも、そうね、近場なら京都の阿弥陀寺《あみだじ》とか。お寺を開山した弾誓《たんぜい》っていうお坊さんの即身仏があると言われてるわ。今のところ、日本最南端の即身仏ってことになってるそうよ」

「あると言われてる？」

「んー、弾誓は、身体の中を樹脂化した上で石棺に入って即身仏になったたって話なの」

「じゅ、樹脂化？　セルフでエンバーミング？」

「そういうことになるわね」

「なんか、即身仏まわり、やけにやることが現代的じゃないすか？」

「伊月君がいちいち翻訳するせいじゃない？」

「俺のせいっすか！　つか、あると言われてるってのは？　そこまで言うからには、あるんでしょ？　超見たい。その樹脂化したハイテクボディ」

「ところが、駄目なのよね。明治以来、弾誓上人の即身仏は公開されていないの」

「えー！　なんで」

「一説には、明治初年に新しい石棺にお移ししたとき、即身仏のコンディションがあまりよくなかったからじゃないかと言われてるけど、本当のところはわからないわ。その最新の石棺自体は、見ることができるそうよ」

「中身はＮＧかぁ。残念だな。……ってことは、この坊さん風のミイラが即身仏なら、最南端は更新される感じっすね」

「そうかもね。最南端にどれほど価値があるかはわかんないけど」

投げやりな相づちを打って、ミチルは清田のほうを見た。

「身体の各部位のサイズはあとできっちり計るとして、とにかく所見を見ましょうか。写真は……」

「はい、着衣の状態は全方角から撮ってます」

「オッケー。じゃあ、まずは衣服を脱がせましょう。清田さんは、脱がせた衣服の撮影、それからミイラ本体の撮影をお願いします」

「はいはい。任せとってください」

清田はセカセカと、衣服を載せるための撮影台を整えにかかる。

ミチルと伊月は、ミイラの衣服を脱がせ始めた。

見るからに、最近できたミイラでないことは確かなので、ちょっとした刺激で組織が崩れる可能性もある。現状を極力損なわないためにも、作業は丁寧に、慎重に進めなくてはならない。

ミチルは踏み台を持ち出し、それに乗って、ミイラの頭部から頭巾をそろりと取り外した。

今朝は、対象物がミイラだけに、体液で服が汚れる心配はない。ミチルも伊月も清田も、白衣のままで、マスクと手袋だけを着けている。

そんなミチルの白衣の袖に、暗褐色の小さくて薄い欠片がハラリと落ちた。

「あ、伊月先生。これ、ピンセットで拾って」

「はい？　ああ、何だろ」

一瞬、不思議そうな顔をした伊月は、すぐにミチルの意図を察し、ピンセットを持ってきた。欠片を注意深くつまみ上げ、合成樹脂製の透明の袋に収め、封をする。

「何か、ニスが剝《は》げたみたいな感じっすね」

「……そうね」

軽く頷くと、ミチルは大事そうに頭巾を持ったまま、踏み台を下りた。そして、頭巾を引っ繰り返した状態で、清田が用意した撮影用の白いシートの上に置く。

頭巾自体は、美しい模様の入った金色の派手な布地で作られていて、頭部を覆うだけでなく、後ろの垂れは背中の上半分くらいに掛かっている。伊月流のたとえをするなら、テーマパークの売店でよく見かける、フードタオル風のデザインだ。

「ちょっと待って」

そう言うと、ミチルは伊月の手からピンセットを取って、ミイラの元に引き返し、踏み台に乗った。そして、頭頂部から何かを取ると、大事そうに片手で受けながら持ってきて、頭巾の横にちょんと置く。

それは、さっき伊月がミチルの白衣の袖から取り上げた小さな欠片と、色も形もそっくりな代物だった。褐色の、薄くて小さな物質だ。

「ミイラの頭頂部から、ちょっと拝借してきた。見てもいいけど、息で吹っ飛ばさないでね」

そう言って、ミチルは写真撮影のために、短いスケールを取りに行く。

中村は、伊月や筧、それに他の警察官たちと撮影台を取り囲み、口元を押さえて、小さな物質に見入った。

後ずさりして少し距離を置いてから、中村は大きく息をして、口を開く。

「何ですか、それ」

「んー、わからないけど、想像はできるかな。同じようなものが、頭巾の、頭部に接するところにくっついているでしょう？」

「……ああ、確かに。ほな、皮膚ですか」

「いいえ、皮膚はこんなにペラペラじゃないわ。おそらくこのミイラ、コーティングされているのね。ミイラの皮膚自体が黒ずんでしまっているから、外見ではっきりそうとはわからないけど」

「コーティング！」

ミチル以外の全員の口から、同じ言葉が発せられる。

「はいはい、写真撮りますよって、皆さんもうちょっと離れていただいて」

清田に撮影台周囲から追い払われ、解剖台の、いつも頭を置く側に移動してから、ミチルは言った。

「コーティングっていっても、アスファルトみたいにいかつい奴じゃないわよ」

筧は、ギョロ目をパチパチさせてミチルを見る。

「なんでいきなり、アスファルトが出てきたんです？」

ミチルは照れ臭そうに笑って答えた。

「なんだかミイラマニアみたいだけど、エジプトのミイラの防腐剤として、天然アスファルトが使われていたって説があるのよね。今、それを否定する学説もあるみたいだから、本当のところはわからないけど」

「へえ。アスファルトを防腐剤に」

「ええ。天然アスファルトのことを瀝青《れきせい》って呼ぶんだけど、それはアラビア語では『ムミアイ』っていうのね。そこから、ミイラを意味する英語の『mummy《マミー》』が派生したって聞いたわ」

「へええー」

筧と伊月は、揃って感心の声を上げる。

「ほな、日本語の『ミイラ』も、そこからですか？　っちゅうか、『ミイラ』は何語やろ」

中村は、盛んに首を捻る。ミチルは、うーんと唸ってから、自信なさげに答えた。

「ミイラは、確かポルトガル語の『ミルラ』が訛《なま》ったんじゃないかな。ミルラっての は没薬《もつやく》のことなんだけど、それもまたミイラの防腐処理に使われていたとか。でもごめんなさい、そのへんは知識が曖昧。とにかく、ミイラの体表に何かが薄く塗られている感じ。それが剝落《はくらく》したのが、この欠片」

中村は、綺麗に剃り上げた顎に片手を当てた。どうにも芝居がかったポーズだ。

「はあー。先生は死体やったらなんでもよう知ってはりますね。ほんで、その欠片、っちゅうかこのミイラの身体に塗られとるもんに、心当たりがあるんですか？」

「たぶん、柿渋《かきしぶ》じゃないかしら」

「柿渋いうたら、番傘に塗る茶色ぃアレですか？」

「の、可能性があるんじゃないかと。即身仏を仕上げるとき、体表に防腐効果のある柿渋を塗ることがあったって記載を、どこかで読んだことがあるの。あとでもう少し剝いでお渡しするから、科捜研で調べてもらえますか？　うちには分析機器はないから」

「わかりました」

「じゃ、とりあえず撮影をお願いします。伊月先生、服のほうに取りかかりましょうか」

「はいっ」

伊月とミチルは、ミイラから衣服を少しずつ脱がせていく。幸い、衣服とミイラの体表が癒着《ゆちゃく》している部分はないようだ。

頭巾と同様、衣服も美しい織物で仕立てられていた。残念ながら、経年による色褪せと虫食いはあるが、それでも高価で豪奢な生地であったであろうことは容易にわかる。

「頭巾も金色、着物も金色って、なんか坊さんにしては派手すぎません？　成金感が半端ないな」

「こらこら、死者のファッションをディスらない。というか、この場合は、この衣服がご本人の趣味とは限らないから」

「後から着せたってことですか？　あ、そっか。体表がコーティングされてるくらいだから、死体をカチカチにミイラ化させて、コーティング仕上げした後で、この着物を他人が着せたのか。死んだときに着てた服ってわけじゃないんだ」

「それはそうよね。典型的な即身仏は、最後、行者が石室や土中の穴に入って死を迎えたって話だし、その後何年もそのままにしておいてから、取り出して仕上げたんですって」

「念入りっすね」

「だから、開けてガッカリなことも多かったでしょうね」

「乾燥が上手くいかなくて腐ってたとか？　何年もおけば、もう白骨化しちゃってるか」

「そうそう。そうでなくても、木食行の段階で弱って亡くなってしまった方もいるでしょうし」

「ハードル高いんすね」

「そうね。あ、伊月君、法衣の裾に気をつけて。足に引っかけないように。指がもげてしまうわよ」

「やべ、すいません。……ちょ、筧、身体を持ち上げるの手伝ってくれよ」

「はいっ」

いつでも手を貸せるよう、手袋を着けて二人の作業を見守っていたらしい。筧はすぐに飛んで来て、座禅を組んだミイラの臀部《でんぶ》を支え、法衣を脱がせやすいようにホールドする。

「そろそろっとな。……よっしゃ、あとはこの白い着物だけですね」

「白衣《はくえ》ね」

「はくえ？」

「白い衣で、はくえ。さすがにきっちり着せつけずに緩く着せかけてあるだけだから、脱がせるのはそう大変じゃなさそうだけど……とにかく、身体に引っかけないように。手足の指の爪がずいぶん伸びてるから、そこがいちばん危ないわ」

「ですね。この人も、修行して即身仏になったのかな。爪を切らない行とかあるんすかね？」

「そこまでは知らないけど、そういえばインドに髪の毛を切らない行とかあるわよね」

「あー！　なんだろ、不自由を我慢《がまん》するのは全部、行になるのかな」

「どうかしら」

そんな会話を続けながら、ミチルと伊月は筧の手を借りて、ついにミイラから衣服をすべて取り去った。

「あー……。やっぱり、完璧ってわけにはいかなかったのか。でも、かなり上手く出来たミイラよね」

ミイラの裸体をひととおり見て、ミチルは感嘆の声を上げた。

彼女の言葉のとおり、それまでたっぷりした法衣に隠れて見えなかったミイラの下腹部や下肢には、僅《かし》かだが白骨化した部分があった。特に足指は、外れかけた小さな骨に針金を通し、無理矢理形を保っている状態だ。

「身体の下方にあたる部位には、どうしても水分が集まるから、腐りやすかったんでしょうね」

冷静に分析しつつ、ミチルは小声で「やっぱり」と言った。

「やっぱり？」

中村をはじめ、四人いるT警察署の面々も、ミチルの近くにわらわらと集まってくる。

「即身仏っぽいって最初に言ったけど、限りなくそれに近いものではありそう。ほら、見て」

そう言って、ミチルはミイラの胸部から腹部を手袋の指先で示した。

「胸元は法衣の合わせからわりに見えていたでしょう。加えて今、腹部まで露わにしてみたら、はっきりわかったわ。ミイラだからわかりにくいかもしれないけど、どこにも切開した痕跡が見えない」

「どれどれ……あ、ほんまや」

中村はオシャレな老眼鏡をかけて、ミイラの胴体にうんと顔を近づけて同意する。

伊月は、ゴクリと唾を飲んだ。

「それって……つまり、中身を取り出してないってことですか？　全部イン？」

筧は、面食らった様子で、伊月とミチルの顔を交互に見る。

「全部インて、もしかして……」

ミチルは簡潔に伊月の発言に補足する。

「おそらく、内臓を何一つ摘出していないってこと。エジプトのミイラみたいに、死後、内臓を取り出して、ガワだけを乾燥させたものじゃなく、それこそ即身仏のように、ミイラ化しやすい状況で死に至ったと思われるわね。この姿勢で死亡して、そのままミイラ化したのかもしれない」

「そしたら、一切合切が干涸《ひか》らびた状態で中に入っとるってことですか？」

ミチルが頷いて質問に答えようとしたとき、解剖室の扉が開いて、都筑教授が入ってきた。

「おっ、いけてるミイラやな」

細い目を眩しそうにパチパチさせてそう言った都筑は、警察官たちの挨拶に軽く頭を下げて応えつつ、ミチルを見て言った。

「伏野先生、オッケー貰《もろ》たで。君の読みどおり、アレが必要そうやな」

「アレ？」

ミチル以外の一同の声が綺麗に重なる。ミチルは、小さく笑って答えた。

「CT。伊月君から送られた写真を見たとき、即身仏の可能性が頭を掠《かす》めたものだから、内部の様子を見ておきたいと思ったの。だから、都筑先生に放射線科と交渉してもらってたのよ」

伊月は、納得した様子で腕組みした。

「ああ、そっか。けど、死体を入れるのは嫌だって前に断られたような気がしましたけど」

都筑は悪戯《いたずら》っぽく笑って、貧相な肩をそびやかした。

「今回は即身仏らしいで！　って言ったら、教授が食いつきよった。あそこの教授は、寺マニアやからな。誘い水が大当たりやったわ」

「へええ。じゃあ、今から？」

意気込む伊月を片手をヒラヒラさせていなし、都筑は中村に言った。

「さすがに、患者さんがおる時間帯は無理やから、業務終了後に、今日最後のお客さんとして撮影してもらえることになったんやけど、このミイラ、それまでここに置いてええやろか。まあ、六時七時には返せると思うんやけど」

中村は即座に頷いた。

「勿論です。僕らいったん帰らしてもろて、その時分に誰かを回収にやりますわ。ちゅうか、どういう死に方したんか興味はありますけど、事件性はないっちゅうか、あったとしても時効な感じですかね、伏野先生」

「おそらく。ほら、見て」

ミチルは解剖台の上に落ちていた何かを、手袋の手で大事そうに拾い上げ、手の平に載せた。

「さっき、筧君がミイラを持ち上げてくれたとき、はらっと落ちたの」

それは、灰色の紙片だった。切られたものではなく、何かの拍子にちぎれたのだろう。三角形に似た形で、縁は不整形だ。

辺縁は黄ばんでいるが、黒いインクで印刷された古めかしい活字ははっきり見える。

「これは……新聞ですなあ。しかも古い奴や。ここ、『サイパンでも激闘』やら、『敗残の敵続々投降』て書いてある。こら、戦時中の新聞やな」

今度は老眼鏡を取り出すのが億劫《おっくう》だったのだろう、やけに距離を開けて紙片を眺めた中村は、大きな活字だけを拾って読み、小さく唸った。

「推測だけど、このミイラを着替えさせるとか、何か手入れしたとき、下に敷いていた新聞が、ミイラの足指にでも挟まってちぎれたんでしょう。ずっと引っかかっていた切れっぱしが、私たちが法衣を脱がせるときに落ちたのね」

ミチルはそう言いながら、筧の差し出す袋に、紙片をそっと差し入れた。

「ほな、少なくともこのミイラは、第二次大戦の頃からあったもんですか」

「そう考えられるし、外見もそれに矛盾《むじゅん》しないわね。どう見ても、出来たてホヤホヤのミイラじゃないもの」

「ますます時効案件やな。事件性もなさそうですな」

「確かに、外表に明らかな傷はないし、殺人事件のなれの果てとかではないような気がするわね。でも、そこは私が決めることじゃないから。とにかくCTを撮ってみて、その上でそちらで判断したら？　珍しいミイラだから、何か調べたいことがあるなら、こちらはできるだけの協力はします」

ミチルはそう言って、器具を並べたトレイから、巻き尺を取り上げた。

ミイラの各部位の計測を始めたミチルに、中村警部補は軽く一礼する。

「ありがとうございました。ほな、とりあえず検案はして頂いたっちゅうことで、簡単な鑑定書はお願いできますか。ご遺族さんっちゅうか、家主のお孫さんに、説明が必要なんでね」

「はい、CT検査の後でまとめます。大変ね、こんな古い『事件』まで手がけなきゃいけないなんて」

「ははは、まあ、ホトケが出たら、僕ら、動かなしゃーないですからね」

「そうね。あとは計測と、細かいところの写真だけですから、鑑識さん以外は帰り支《じ》度《たく》をしてもらっていいですよ」

そう声を掛けたミチルは、ミイラの顔面に顔を寄せ、感心した様子で呟いた。

「凄い。瞼が綺麗に残ってるわ。ってことはおそらく、この内側には、乾燥して陥没しているでしょうけど、眼球があるのね」

「……ホントだ。この人、人生の終わりに、何を見てたんでしょうね」

伊月も、ミチルの横に立ってそんなことを言う。

「石棺や穴の中にいたのなら、完全な闇だったかも。一筋の光も入らない、本物の闇。春先に、私たちが見たみたいな」

二人が巻き込まれた事件の話をサラリと蒸し返され、伊月は小さく身震いした。

「ちょ、やめてくださいよ。思い出したら未だに怖いんですから。……でも、そうか。暗闇か。人間の視覚的な記憶を読み取れる装置ができたらいいのにって思ったけど、やめといたほうがよさそうですね」

「何にせよ、興味本位の覗きはいけないってことね。……陽ちゃん、記録お願いします。身長、約百五十八・三センチメートル。体重は、あとで清田さんに量ってもらいます。全身高度ミイラ化、ただし、一部白骨化。外表に明らかな損傷なし……」

「……へいへい。興味本位で蔵を覗いた結果がこれですよーだ」

子供のように口を尖らせて小声で不平を言いつつ、伊月は清田の写真撮影を手伝うべく、黒くて短いスケールをピンセットで挟み、ミチルの指示を待った……。

＊　＊

その日の午後三時過ぎ。

昼食を終え、あとは夕方、ミイラのCT撮影の前にあらかたやっつけてしまおうと、簡易鑑定書作成に取りかかっていたミチルは、肩をトントンと叩かれて、ハッとそちらのほうを見た。

最初に視界に入ったのは、白衣とブラウスの深く開いた襟《えり》から覗く、刺激的なボリュームの胸元である。

同性でもほれぼれするようなその造型を見れば、相手が誰かは顔を見るまでもない。

「ネコちゃん、何？」

ミチルは、両耳に入れていたイヤホンをスポンと抜いた。

「何って、さっきから『お電話です』って言ってましたにゃ。全然聞こえてないんですね。ボリューム、大きすぎなんじゃないですか？」

爆裂ボディに似合わない童顔の峯子は、不服そうにそんな文句を言った。

「ゴメン、集中したかったから、ちょっと音量大きめにしてた。電話、誰から？」

「科捜研の樽谷《たるたに》さんから。なんか、急ぎみたいですよ」

「わかった。ありがと」

ミチルはすぐに席を立ち、セミナー室の入り口近くに置かれた警電……警察電話の受話器を耳に当てた。

「お待たせしました、伏野です」

そう言うと、受話器の向こうから、慇懃《いんぎん》な調子の男性の声が聞こえた。

『どうも、科捜研の樽谷です。お世話になっとります』

科捜研というのは、科学捜査研究所のことだ。

警視庁及び各都道府県警察本部の管轄内で、進行中の捜査を支援するのが主な業務だが、その中には、捜査本部や所轄と法医学教室の間を取り持つという、マネージャーのような役割もある。

司法解剖の依頼の電話も、まずは科捜研から来ることになるし、薬品などの専門的な分析が必要な試料を警察が持ち込む先も、やはり科捜研である。

科捜研にもそれなりにたくさん人員はいるが、樽谷は、ミチルたちにとっては「警察の窓口」になってくれる人物のひとりだ。

「お世話になってます。どうしました？　司法解剖が入ったのなら、今日はまだやれますけど？」

ミチルが壁の時計を見上げてそう言うと、受話器の向こうで、いつも明快な樽谷が、やけに戸惑いがちな声を出した。

『いえ、そうやのうて……先生、三日前の事件のことなんですけどね。女子高生のアレ』

その声に釣られたように、ミチルも顔を曇らせる。

実物を見るでもなく、一昨日の朝、所轄から渡された一枚の写真が、脳裏に鮮やかに甦《よみがえ》った。

狭い浴室で寄り添って座る、セーラー服を着た二人の少女。

長い髪の少女は眠るように目を閉じ、ボブカットの少女はじっと撮影者のいるほうを見ている。

不思議な前衛芸術のような、誰かの見ている不思議な夢のようなその光景を思い出してひとりでに目を閉じ、ミチルは少女たちの名前をそっと口にした。

「亡くなった香川樹里さんと、一緒にいた片桐結花さんの」

『そうです』

「何か、わかったことがあるんですか？」

『それが、ですね。ちと先生にお力を借りたいことができまして。内々の話なんですが』

「……はい？」

思わぬ樽谷の言葉に、ミチルは目を開けた。

「どういうことでしょうか？　何か鑑定しなくちゃいけないようなサンプルが出たんですか？」

『いえ、そういうことやのうて、一昨日の午後から、片桐結花には任意で所轄署に来てもろて、弁護士同席のもとで話を聞かしてもろてるんですけどね』

「って仰ってましたよね。ああ、もしかして、香川樹里さんの解剖所見と矛盾するような供述が？」

『いえ、それが。そもそも未成年ですし、今んとこ重要参考人っちゅうことであくまで任意なんで、こっちの聴取もずいぶん気ぃつこて丁寧にやっとるんです』

「そりゃそうでしょうね……？」

『はあ、そうなんですけどね』

どうも要領を得ない樽谷の話に、ミチルは受話器を耳に当てたまま首を傾げる。いつもはこんなにエッジの鈍い話し方をする人物ではないので、どうやら、よほどミチルに言いにくいことがあるらしい。

急《せ》かしても仕方がなかろうとミチルがメモ用紙に落書きしながら待っていると、樽谷が思いきったようにこう切り出した。

『何も喋ってくれんのです』

ボールペンで恐ろしく適当な都筑の似顔絵を描いていたミチルの手が、ピタリと止まる。

「喋ってくれない？　黙秘ってことですか」

『容疑者やないんで、そういう言い方はしませんけど、とにかく、俯いたまんま、能面みたいな顔で座っとるだけなんです。ちょっと強う働きかけてみようにも、弁護士がガッチリとガードしてますしね』

「まあ、そりゃ当然の権利ですし、喋る義務もないっちゃないですからねえ。ご苦労お察ししますけど、それについて私に出来ることがあるとは思えないんですけど」

『ところが、さっき、ついに口を開きまして』

「あら、よかったじゃないですか」

『それが……先生となら話すと言うてるんです』

「……は？」

思いきり間の抜けた声を出したミチルを、自分の席で講義用の出席票を切り揃えていた峯子は、訝しげに見やる。

そんな峯子の視線にも気付かず、ミチルはぞんざいに首に挟んでいた受話器を手でしっかりと持ち直した。

「どういうことですか？」

『その、友達の……香川樹里の解剖を担当した医者と話がしたい、突然そう言いだしたんです。他の誰とも話さないとも宣言しましてね。所轄のもんが、閉口してしまいまして』

「それって……アリなんですか？」

『アリ、と仰いますと？』

「だって、法医学者が捜査に関わるのは、基本的にＮＧでしょう？」

ミチルの声音には、軽く非難の響きがあった。

欧米の法医学者と違い、日本の法医学者は、大学の医学部に籍を置いている。

つまり、犯罪捜査においては、完全なる第三者、中立的な立場でいることが特徴であり、矜恃《きょうじ》でもある。

無論、司法解剖において、遺体の鑑定を嘱託《しょくたく》してくるのは警察であり、事件の概要や関係者の供述を伝えるのもまた警察なので、やはり警察との関わりがもっとも深くなってしまうのはやむを得ない事実なのだが、だからといって、捜査自体に法医学者が積極的に参加することはない。

少なくとも、この教室の長である都筑は、そういう仕事のやり方を好まない。

それを知るからこそ、樽谷の言葉にもずっと躊躇いがあったのだろう。

『それはそうなんですが……その、捜査に関わるわけではなく、捜査に協力していただくということで、何とかお願いできんでしょうか』

「協力……」

『勿論、解剖所見について重要参考人に話していただくわけにはいかんのですが、片桐結花がとにかく先生にならロを利くっちゅうことですから、会話の糸口だけでも、こう、作ってもろて、引き出せる話を少しでも……』

「そんな訓練は受けてません」

『重々わかっとるんですが、どうにか』

ミチルは突き放そうとしたが、樽谷も食い下がってくる。受話器の向こうの必死の形相が窺《うかが》えるような声だ。

「すみませんが、私ひとりで決断できることじゃないので、ちょっとお待ちください」

そう言うと、ミチルは受話器を電話の傍《かたわ》らに置くと、ノックとほぼ同時に教授室の扉を開けた。

「わっ、何や何や」

どうやらささやかなサボリの時間を楽しんでいたらしく、ソファーで小説とおぼしき本を開いていた都筑は、狼狽えて立ち上がる。

「科捜研の樽谷さんからお電話です。私には判断がつかないので、先生が決めてください」

「何の話や？」

「聞けばわかります」

伝言ゲームを避けるために、ミチルは敢えて無愛想にそう言うと、部屋から出てきた都筑に受話器を押しつけると、自席に戻ってしまった。

再びイヤホンを耳に突っ込むと、中断していた作業を再開する。会話に聞き耳を立てる必要もなかろうと思ったのだ。

それから十五分ほど経っただろうか。

今度は都筑が、ミチルの肩に指一本でちょんと触れた。

「セクハラ違うで？　呼んでも気付かんやろと思うて」

「わかってます。それで……」

「すぐに行ったり。電車のほうが早いやろ。最寄り駅までは、迎えに来るそうやから」

あっけらかんとそう言う都筑に、ミチルはむしろ驚いてきつい口調で問いかけた。

「いいんですか？　だって先生はいつも、法医学者は中立の立場でいることが大事だって……」

「せやけど、今回は捜査協力やろ？　一般人でもやることや」

「でも……。片桐結花さんは、『香川樹里さんの解剖を担当した医者となら話す』って言ってるんでしょう？　どう考えても、解剖のことについて話したいんじゃないですか？　だとしたら、一般人の捜査協力とは、話が違います」

「それは、会《お》うてみんとわからんやんか。あんまり構えすぎるんも、あかんと思うで」

都筑は、ミチルの剣幕にも少しも怯《ひる》まず、柔らかな声音で言った。拍子抜けして、ミチルも少し声のトーンを落とす。

「それは……そうですけど」

「樽谷さんの話では、事件現場から連れ戻されて以来、片桐結花さんは、水しか口にしてへんそうや。何も食べず、親にも弁護士にも何も喋らず、眠る気配もなく、ただ無表情にじーっと座っとるだけらしい」

「……そう、なんですか」

「そんな子が、やっと、君とやったら話すて、言葉を絞り出したんや。君に、何ぞ助けを求めてるん違うか？　少なくとも、弁護士さんも親御さんも、君と話すことで、彼女が少しでも心を開いてくれたらと期待しとるようやで」

上司に噛んで含めるように諭され、ミチルはそれでもなお迷いの残る顔で、机をトントンと指で叩く。

「私なんかに助けを求められても困るっていうか、私、カウンセリングやセラピーの訓練は受けてませんし」

「せやから、そう身構えんと、気軽に話しておいでって。捜査協力っちゅうんは、そういうもんやで。警察のためっちゅうより、君が片桐結花っちゅう女子高生の力になってやりたいと思うんやったら、行ってやり」

「……ずるい。そんなこと言われたら、断れないじゃないですか」

「せやから、行ったりて言うてるやん」

もともと細い目を糸のようにして、都筑はニヤッと笑う。

ミチルはやれやれというように嘆息した。

「わかりました。じゃあ、どれだけお役に立てるかわかりませんけど、行ってきます。でも、解剖の所見については、何も喋りませんから。そこは信用してくださいね」

「わかっとる。……あと、不安やったら、伊月君も連れていったらええで」

「んー」

ミチルは少し考えて、かぶりを振った。

「いいえ、今日はひとりで行きます。どんな話の流れになるかわからないですし、同性で話したほうがいいこともあるかもですし」

「それもそやな。ほな、あとは任せとき。ミイラのCTは、僕らでちゃんとやってもらうから」

「……むしろそっちに参加したかったなあ」

本音を口にしつつも、ミチルはノートパソコンの電源を落として立ち上がった。

「じゃあ、ミイラの件、くれぐれもよろしくお願いします。データは必ず見せてくださいね」

「そら、君が鑑定医やもん。ちゃんと見せるから心配せんとき。はー、楽しみやな、即身仏のミイラは人生初や～」

心底ワクワクした口調でそう言って、都筑は教授室に戻っていく。

「ずっるいなあ、もう」

唇をアヒルのようにしてブツクサ文句を言いながら、ミチルは立ち上がって白衣のボタンを外し始めた。

その脳裏には、写真の中からこちらをじっと見ている、片桐結花のあまりにも無感情な顔が、幾度も過ぎっていた……。


「どうもご足労いただきまして、まことに申し訳ないです」

S署で待ちかまえていた園山警部補は、今日は実に低姿勢にミチルを出迎えた。

科捜研の樽谷から、ミチルにずいぶん無理を言って来てもらったことを聞かされているのだろう。一昨日の少し意地の悪い態度が、今日は影をひそめている。

「どうも。それで、片桐結花さんは？」

ミチルが訊ねると、彼女を署の建物の中に案内しながら、園山はやれやれというように頭を振った。

「先生やったら話すと言うたきり、まただんまりですわ。……あと、先にお伝えしときたいんですけど」

「はい？」

「香川樹里の血液と尿からは、薬物関係は何も検出されとりません。アルコールも出ておりません。片桐結花にも任意で採血させてもらいましたが、そこからも何も出とりません」

「血液は、採らせてくれたんですか」

「まあ、本人は人形みたいに座っとるだけで、されるがままでしたわ。親御さんが、こういうことはハッキリさせてくれ、うちの子は薬なんぞやっとらんと、えらい剣幕で」

「なるほど。……他には？」

「香川樹里の喉に引っかかっとった錠剤ですが、ええと……」

くたびれたジャケットの胸ポケットから手帳を出してパラパラめくり、園山は書き付けた文字を読み上げた。

「長時間型の睡眠薬、ドラールでした」

「ドラール……」

「一般名はクアゼパム、やそうです」

「クアゼパムか。確か、ベンゾジアゼピン系の睡眠薬ね。持続時間はとても長いけど、即効性はないはず。そもそも、そんなものをどこで手に入れたのかしら。ちょっと眠れない程度じゃ、処方されない薬だと思うけど」

「それについても、調べはつきました。香川樹里の母親が、かつて睡眠障害？　不眠症みたいなもんですかね、それを患ったときに処方された薬の飲み残しを、捨てんとお守り代わりに置いとったようです」

「なるほど、それをくすねたと考えられるわけですね」

園山は、渋い顔で頷いた。

「母親がそれを飲んどったんは四年ほど前らしいですから、使用期限は切れてますでしょ。胃にたどり着いて溶けとったとしても、どれだけ効いたかわからへんですね。まあ、気休めのつもりで飲んだんですやろか」

薄暗い廊下を歩きながら、ミチルは曖昧に頷いた。

「どういうつもりで飲んだのかはわからないですけど、睡眠薬には色んな種類があるなんてことは、あまり知らないんじゃないでしょうか。飲めばすぐ眠れると思ったのかもしれませんね」

「そうですやろねえ。ああ、先生、あとこれも言うとかなあかんのですけど」

「はい？」

園山は、言いにくそうにミチルを見ずにこう告げた。

「実は、勿論弁護士や我々同席のもとで、片桐結花と先生に話してもらおうと思うてたんですけど」

「そうするんだろうと思ってましたけど、違うんですか？」

「その……本人が、どうしても先生と二人きりやないと嫌やと言うんですわ」

「えええええ」

さすがのミチルも、廊下のど真ん中で立ち尽くす。

「それ……ヘタすると、私、刺される奴じゃ」

「いやいやいや！」

園山は、取りなすように両の手の平を下に向け、早口に言葉を足した。

「いや、その、勿論、マジックミラーのついた部屋で話してもらいますから、弁護士も僕らもちゃんと見てます。何かありましたら、即座に駆けつけますし！」

「……間に合うかなあ、それで」

「机を挟んでの会話ですし、そないなことはないと思いますけど、万が一のときは、とにかく咄嗟《とつさ》に逃げていただいて」

「狭い部屋の中で？」

「……ホンマすいません」

「マジかー……」

思わず伊月のような台詞を口にして、ミチルは改めて、「やっぱりミイラのほうがよかったなあ」と、口の中で呟いた。

しかし、そんな思いは、いわゆる取り調べ室に案内され、一歩踏み込んだ瞬間にかき消えた。

三畳ほどの狭い部屋、それでも小さな窓があるので、少しだけ閉塞感が薄らいだ室内に、写真で見たあの少女……片桐結花がいた。

机に向かい、出入り口から遠いほうの椅子に座っていた少女は、ミチルがひとりで部屋に入ると、静かに立ち上がった。

動く間も、視線はずっとミチルの顔に据えたままだ。

写真と同様、何の感情も感じ取れない、ガラス玉のような瞳だ。

（この子が……片桐結花）

背後で、静かに扉が閉められる。

動きがやや硬くなっていることを隠しも取り繕《つくろ》いもせず、ミチルはゆっくり机に近づいた。

少し怖いのは自分も同じだと、正直に伝えたほうがいいような気がしたのだ。

彼女と顔を合わせて、さてどう話を始めようかと、ここに来るまで、ミチルはずっと頭の中で考え続けていた。

香川樹里の解剖についての情報は何一つ提供せず、それでいて、片桐結花から香川樹里の死の真相を聞き出してほしい。あるいは、せめて捜査の糸口を摑んでほしい。

それが、警察がミチルに期待することだ。

しかし、ことがそう上手く運ぶものだろうか。

結局、いい作戦など一つも浮かばず、心の準備も出来ないままに、ミチルは片桐結花と対峙《たいじ》することになってしまった。

もう、腹を括《くく》るしかない。

「わざわざ立ってくれてありがと。どうぞ、座って」

部屋に入って初めて発したミチルの声は、微かに掠れていた。

どんなに凄惨《せいさん》な死体を目の前にしても、こんなに緊張したことはない。

やはり、死者より生きた人間のほうが、ずっと難しいし、ずっと怖い。

そう痛感しながら、ミチルは結花と机を挟んで真正面から向かい合うように、椅子に座った。

何の変哲もないキャスター付きの事務椅子は、ミチルが座ると鈍く軋《きし》んだ。

結花も無言のまま、パイプ椅子に腰を下ろす。

学校には行けていないのだろう、今日の彼女は、私服姿だった。

肩に控えめなフリルが入り、袖口が柔らかく波打つ清楚《せいそ》で可愛らしさもある白いブラウスと、レトロな花柄の膝丈スカート。

シンプルで、いかにも「いいお家のお嬢さん」といった趣の服装だ。

(前もってこうなるって知ってたら、私だってもう少しマシな格好で来たんだけど)

ミチルは思わず自分の姿を省みた。

寝坊した日の、寝間着代わりに着ているTシャツはそのまま、下のハーフパンツだけをジーンズに穿き替えて出勤するような服装よりはずいぶんマシだが、それでも、アジアン雑貨の店で買ったアオザイ風のブラウスと、七分丈のテーパードパンツというのは、決して医者らしいと言える装いではない。

結花も、まさにそう思ったのだろう。

ずっと凍り付いた湖面のようだった彼女の瞳に、初めて微かな感情が過ぎった。

それはおそらく、疑念であるのだろう。

ミチルはそんな結花の視線を真っ直ぐ受け止めてから、軽く一礼した。

「はじめまして。香川樹里さんの司法解剖を担当させていただいた、O医科大学法医学教室の伏野ミチルです」

特に身分や氏名を明かす必要はないと園山に言われてはいたが、ミチルは敢えて最初にハッキリ告げてみた。

話がどう転ぶにせよ、まずは大人の自分が胸襟《きょうきん》を開いてみせなくては、多感な年頃の少女に心を打ち明けてもらえるはずはないと考えたのだ。

「……片桐結花」

少し逡巡する気配を見せながらも、結花は小さな声で名乗った。刑事たち相手にはそれすらしなかったらしいので、確かに彼女は、ミチルと会話する意思があるようだ。

ただし、次に彼女が短く発した言葉は、ミチルに対する疑いのそれだった。

「ほんまに、お医者さん？　っていうか、日本人？」

疑問はそこからかい、と心の中で嘆いてから、ミチルは苦笑いで、ウェーブした茶色い髪を片手で撫でつけた。

「確かに、カレー屋さんでネパール人に間違われたことは一度や二度じゃないけど、歴《れっき》とした日本人よ。そして、決してそうは見えなくても、法医学の医者。あなたのお友達のご遺体を視た鑑定医よ」

「名刺とか持ってる？」

意外とハスキーな声で、ぶっきらぼうに結花は問いかけてきた。ミチルはゆっくり首を横に振る。

「うちで名刺を持ってるのは、教授だけ。私は持たないことにしてるの」

「なんで？」

「だってこの国の社会人って、すぐ名刺交換するでしょ？　まだ高校生だから知らないか」

「そのくらい知ってる。ドラマとか」

緊張や警戒心がそうさせているのか、あるいは単なる癖なのか、結花はあまり長い文章を喋ろうとしない。

ミチルもあまりもの柔らかに喋るタイプではないので、おそらくマジックミラーの向こうにいる人々は、殺伐《さつばつ》とした会話にハラハラしているかもしれない。

だが、そんなことにはお構いなしにミチルは話を続けた。

「そっか。で、そうやって交換した名刺、大事にするとは限らないでしょ？　そのへんにほったらかして、それを誰かが拾って悪用したりしたら困るもの。持ってないって言えば、渡さずに済むからさ」

「ふうん」

「とりあえず、そこは信用して。でないと話が進まない」

ミチルがそう言うと、結花はわかったというようにこっくり頷いた。

綺麗なボブに切りそろえられた髪が、ほっそりした輪郭を縁取るように動く。

まるでシャンプーのＣＭに出てくる女優のように綺麗な髪だと感心しながら、ミチルはウォーミングアップを終えたピッチャーがいよいよマウンドに向かうような気持ちで、本題に入った。

「それで？　私とだったらお喋りするって言ったんですって？」

「うん」

その言葉に偽りはないらしく、結花はまた一つ頷く。

まるでそのタイミングを待っていたかのように、部屋の扉がノックされた。

結花はビクッとしたが、ミチルは笑って「大丈夫」と言った。

入ってきたのは、銀色のトレイを持った若い女性警察官だった。

「先生のご希望のものをお届けに来ました」

ちょっと面倒臭そうにそう言って、女性警察官は、いかにも出前らしき、ラップフィルムをかけた大ぶりのグラスを二つ、それに紙に包まれたストローも二本、机の端っこに置いて、そそくさと出て行く。

「どうもありがとう」

感謝の言葉で女性警察官を見送って、ミチルは悪戯っぽく笑って言った。

「聞いたわよ。事件以来、水しか飲んでないんだって？　親御さん、きっと凄く心配してるでしょ」

結花は無言で、唇を引き結ぶ。ミチルは、そんな少女の前に、グラスを一つ押しやった。

「せめて、ミックスジュースくらい飲まないと、次に何か食べたとき、身体が頑張《がんば》って吸収しすぎて太るわよ」

「……なんでミックスジュース？」

出会ってからずっと、結花の表情はほとんど動かない。それでもミチルは構わず快活に答えた。

「美味しいから。嫌い？」

「別に……」

「じゃあ、いいじゃない。実は前に、別件でこの署に出張検案で来たときにさ、近くの喫茶店からミックスジュースの出前を取ってくれたのね。それがすっごく美味しくて、ずっと覚えてたの。今日、久々に呼ばれたから、そのくらいの楽しみはあっていいんじゃないかと思って、リクエストしちゃった」

「へえ……」

「せっかくだから、美味しいものを飲みながら話しましょうよ。まさか、ダイエットとかハンストとかをしてるわけじゃないでしょ？」

「別に」

「返事が短すぎる上に、別にが被ってる」

「そんなん別に……」

「三度目」

「うるさい」

ミチルの容赦ないツッコミに、結花は初めて苛立ちを露わにした。

わざと怒らせるつもりはなかったが、ポジティブであれネガティブであれ心が動くことは、長い目で見ればそう悪いことではないだろう。

そう思いながら、ミチルは薄い紙包みを破って太いストローを取り出し、自分のグラスに差した。そして、淡いオレンジ色のミックスジュースを一口飲んで、ふう、と息を吐いた。

「やっぱり美味しい。阪神電鉄梅田駅のミックスジュースの次に美味しい」

「……そうなん？」

「何が？」

「阪神梅田のミックスジュース、そんなに美味しい？」

「それはもう、宇宙で一番美味しい」

驚くほどキッパリ断言したミチルに、結花は少し驚いたように軽くのけぞり、それから酷くぎこちなくはあったが、小さく微笑《ほほえ》んだ。

「！」

少女が突然見せた笑顔に、ミチルは思わず息を飲む。

少しでも結花の気持ちが解《ほぐ》れればと頼んだ差し入れだったが、ミチルの期待以上の効果があったらしい。

「ミックスジュース、好き？」

探るように問いかけられてハッと我に返った結花は、瞬く間に笑みを消し、消えそうな声で言った。

「樹里ちゃんが」

死んだ少女の名を、結花はミチルの前で初めて口にする。

ここで焦っては何もかも台無しだと自分を戒め、ミチルはさりげなく話を繋いだ。

「樹里さんが好きだったんだ。一緒に飲んだりした？」

「……ほんとは校則で駄目なんだけど、学校帰りに、寄り道したり、とか」

「私も、学校帰りにソフトクリーム買い食いしたりしたわ。駄目って言われることすると、倍以上美味しいのよね」

「樹里ちゃんも、そう言ってた」

「そうなんだ。結花さんはそう思わない？」

「わたしは、怖かった」

ゆっくりと結花はそう言った。ミチルは、軽く眉を顰める。

「何が？」

「先生に見つかるのが。別に、買い食いとか、凄くしたいわけじゃなかったから。見つかって怒られるほうが、嫌だった」

「あー、なるほど。じゃあ、買い食いしようって言ったのは、樹里さんのほう？」

結花は、また一つ頷く。

「樹里ちゃん、おうちが」

「うん？」

「きびしくて」

「うん」

大切な思い出を少しずつ引き出すように、結花は短い言葉を切れ切れに口にする。

ミチルは、穏やかに相づちを打ち続けた。

「買い食いとか絶対駄目で」

「ああ、なるほど。樹里さんにとっては、親御さんと学校と、両方に内緒の冒険だったのね、買い食いって」

「そう」

「そりゃ、余計に美味しいわ」

「うん」

結花はまたほんの一瞬笑って、すぐに顔を引き締めた。

黙ってミックスジュースのグラスを両手で持ち、ストローを使わずに直《じか》に口を付けてゴクリと飲んで、静かにグラスを置く。

結花もまた、ミチルの人となりを観察しつつ、自分の心の準備をしていたのだろうか。

これから、大切なことを……香川樹里の死について、語ってくれるつもりなのだろうか。

机の下、腿《もも》の上で、ミチルはギュッと拳《こぶし》を握りしめる。

ミックスジュースの泡がついた唇をチロリと舐めてから、結花はミチルと同じように腿の上に両手を置き、背筋を伸ばして、囁くように問いを投げかけてきた。

「樹里ちゃんは、どうだった？」

そら来たと、ミチルは身構えた。

香川樹里の司法解剖を担当した医師と話したいという彼女の希望からして、解剖所見についての質問が、来ないはずがないのだ。

最初の質問があまりにもふんわりしていたのは予想外だったが、とにかく、話す内容については細心の注意を払わなくてはとミチルは意識的に緩めていた警戒心の紐をギュッと締め直す。

とはいえ、いきなり態度を硬化させては、せっかく少しだけ心を開いてくれている結花を怯えさせてしまうだろう。ミチルは努めてこれまでと同じカジュアルな口調で問いを返した。

「どうだった、とは？」

結花のほうは、さっきよりは明らかに気を張った顔つきで、熱を帯びた声を出す。

「樹里ちゃんの……死体、見たんでしょ。中、開けたんでしょ」

その光景を、親友の死後、何度となく想像したのだろう。結花の声は細かな震えを帯びている。

「うん、見た。司法解剖っていうのは、どんな死に方をした人でも、身体を開けて、すべてを見せていただくの。だから、樹里さんにも同じようにしたわ」

「すべてを」

「うん」

「心も？」

たった一言ではあったが、それはミチルの心を真っ直ぐ深く抉《えぐ》る質問だった。

「心は」

答えようと一声出したきり、続きが出てこない。

結花は、軽く首を傾げた。

「心は？」

ミチルはうっかり波立ってしまった心を落ちつかせるように深い呼吸を一つしてから、再び口を開いた。

「ごめん、すべてじゃなかった。心は……目に見えないものは、解剖してもわからない」

「やっぱし」

「でも、目に見えないものを少しでもわかりたいから、目に見えるものはすべて見せてもらう。そういうつもりで、仕事をしてる」

「目に見えるもんを全部見たら、目に見えへんもんがわかるん？」

「厳しい質問するわね。……正直、全部は無理。だけど、偉い先生が昔、『死体は語る』って言ったの。ご遺体はもう喋れないけど、所見で私たちに訴えたい、伝えたいことがある。そう信じてやり続けてるわ」

ミチルの答えを嚙み砕くようにしばらく沈黙して、それから結花はミチルをじっと見つめ、新しい問いを口にした。

「樹里ちゃんの死体は、何か伝えたの？」

ミチルもまた少し考え、キッパリと答えた。

「それも含め、解剖のことは言えない」

「なんで？」

「凄く現実的な話をするけど、樹里さんの死の真相が明らかにならない限り、樹里さんの死因が分類できないの」

「手首を切ったら、自殺じゃないの？」

「とは、限らない。事故かもしれない。他殺かもしれない。詳細なことがわからなければ、断定できないでしょう」

「……ふうん」

「警察の人たちは、それを明らかにするために頑張ってる。私も、事実を明らかにするために、お手伝いしてる。その最中に、他の人に情報をあげちゃうことはできないの」

結花の滑らかで血の気のない頬が、ピクリと痙攣《けいれん》する。

「わたしは、ほかのひとじゃ……」

「どんなに仲のいい友達でも、『他の人』よ」

敢えて冷たい言葉を投げかけることで、結花からもっと、血肉の通った言葉を引き出したい。

そんな思いでミチルはそう言ってみたが、結花はどこか傷ついたような顔で沈黙してしまった。

（あ……しくじったかな。ちょっと焦ったかも）

ミチルは臍《ほぞ》をかんだ。これでまた、結花は心を閉ざしてしまったかもしれない。

もう、ミチルと話をする気が失せてしまったかもしれない。

少し焦ってミチルが何らかのフォローをしようとしたとき、結花は一瞬先に再び話し始めた。

「じゃあ、樹里ちゃんの死体がどうだったかは、言えない？」

ミチルは少しホッとして頷いた。

「うん。香川樹里さんのご遺体の所見は、何ひとつ言えないの。親友なら知りたいと思う気持ちはわかるんだけど」

「所見は、言えない」

結花は、ゆっくりとミチルの言葉を繰り返した。ミチルも、頷いて繰り返す。

「そう、所見は言えない。結花さんだけじゃなく、他の部外者全員にもね」

結花は口を噤んでしばらく考えていたが、やがて小さな声でこう言った。

「それは、べつにいい」

「別にいい？　いいの？」

今度は、ミチルがオウム返しする番である。

結花は、特に大きくはないのだが、やけに力のある澄んだ瞳でミチルを見つめたまま、こう言った。

「どう感じたかを、教えて」

「……はい？」

「樹里ちゃんの死体を見て、どう感じたかを知りたい。怖かった？　気持ち悪かった？」

「……それは……」

「所見じゃなくていいから」

結花は力を込めて言い終えると、あとはじっとミチルの答えを待つ態勢になった。

今度こそ、この質問に答えないなら話は終わりだと、少女は華奢《きやしや》な全身で訴えてくる。

ミチルは、さっきジュースを飲んだばかりなのに、いつしかカラカラになっていた喉に、生唾を流し込んだ。

言葉を飾り、本心を濁すことは簡単だ。

法廷に喚問《かんもん》されたとき、特に検察側の証人として証言台に立ったときは、わざと相手を怒らせて有利な発言を引きだそうとしたり、揚げ足を取ろうとしたりするタイプの弁護士と何度もやり合ってきた。

ただそれは、「医師としての見解」を述べるときに限定される。

今、結花が求めているのは、そんなものではない。

ひとりの人間として、香川樹里という少女の死体を目にしてどう感じたか、生の印象をありのままに聞きたいと、結花は訴えているのだ。

（どう感じたか……か）

さすがのミチルも、咄嗟に答えることができず、唇を噛んで考え込んだ。

香川樹里の死が「事件」かどうかはまだ不明であるにせよ、彼女の死に決して無関係ではないと思われる結花に、法医学者のミチルが、素のまま気持ちを語っていいものか。

そんな躊躇いを投げかけてくる理性は、「話を切り上げて帰ってしまえ。それでお前は厄介ごとから距離を置けるぞ」と諭してくる。

その一方で、感情は、「ここでお前がしくじると、目の前の女の子はきっとまた心を閉ざすぞ」と警告してくる。

この場合、両方ともが、おそらく正しい。

ならば、進みたい道を選ぶまでだと、ミチルは机の上に両肘を置いた。軽く身を乗り出し、さっきまでよりも近い距離で、結花と向かい合う。

「とても綺麗だと感じた」

「きれい？」

「うん。ミレーの描いた『オフィーリア』みたいだと思った。美術部なら、知ってるよね？」

「うん！」

結花は、有名な名画を思い出すようにそっと目を閉じ、ほうっと溜め息をついた。

「よかった」

「……え？」

キョトンとするミチルに対して、結花は心底安堵した様子で胸に手を当てる。

「よかった。樹里ちゃん、最後までそんなに綺麗だったんだ。よかった！」

堅いつぼみが開花する様子を早送りで見ているように、結花の顔に、柔らかな笑みが広がっていく。

その変化の理由を理解しきれず、ミチルはただ呆然と、急にあどけなくなった結花の笑顔に見とれていた……。

間奏　飯食う人々　その三

「そろそろ飯のほう、お願いします」

「はーい」

フライパンの中身を上手に煽る筧の指示で、ミチルは炊飯器を開けた。

炊きたてのご飯を、しゃもじで器に盛りつける。

もともと筧がひとり暮らししていた家なので、三人分の揃いの食器などはない。

ゲストのミチルは伊月のカフェオレボウルを借りたもの、伊月はグラタン用の平たい器、筧はカレー用の楕円形《だえんけい》の深皿を使う。

「ふふ、ご飯が大中小並んで、なんだか絵本みたい」

「絵本ですか？　白い飯が出てくる絵本？」

首を傾げる筧に、ミチルはかぶりを振る。

「ううん、出てくるのは確かスープなんだけど。あと、熊も」

「スープと熊」

律儀《りちぎ》に復唱しながら、筧は見事に炒め上がったフライパンの中身を、ミチルが盛った白飯の上にたっぷり載せた。

合挽肉《あいびきにく》と、みじん切りにしたタマネギとピーマン、それにレーズンを炒め合わせ、塩胡椒《こしょう》と醤油《しょうゆ》、カレー粉で味を調えた、いわゆるドライカレーである。

「小さな女の子が森で迷ってたどり着くのが、熊の一家が暮らす家なのよ。熊たちは留守なんだけど、テーブルの上に、スープをよそったボウルが三つあるのね。で、お父さんのは大きいボウルだからスープが熱くて飲めなくて、中くらいのサイズのお母さんのも厳しくて、結局、小さな小熊用のボウルのスープがちょうどよく冷めていて、ごくごく飲んじゃうの」

「へえ……。僕、そんな絵本知らんですわ」

「そう？　けっこう有名な奴だと思うんだけど。伊月君は？」

茶の間のちゃぶ台の上に箸《はし》やスプーンを三人分セットしていた伊月は、しれっとした顔で言った。

「知ってますよ。帰ってきた熊一家の逆鱗《げきりん》に触れて、頭からボリボリ食われるんでしょ」

「ヒッ。そら住居侵入及び窃盗の現行犯やけど、いくら何でもそら酷《こく》や」

素直な篁は気の毒そうに太い眉尻を下げたが、ミチルは冷ややかに言い放った。

「ちーがーいーまーす！　見てきたような嘘で、篁君を翻弄《ほんろう》しないの」

「えっ、嘘なんですか？　酷いわタカちゃん」

「嘘に決まってんだろ。小さい子が読むのに、頭からボリボリじゃホラーすぎる」

悪びれる様子もなく笑いながら、髪を後頭部で動物の尾のようにちょんと結んだ伊月は、冷蔵庫を開けて缶ビールと烏龍茶《ウーロンちゃ》を取り出す。

篁は、さすがに軽く憤慨した様子で伊月を睨んだ。

「そらそうやけど、外国の絵本にはえぐい奴があるっちゅうやん。シンデレラのガラスの靴も、義理のお姉さんたちが、無理矢理履こうとして足切ったっちゅうんがホンマの話とか」

「あーあるな。けど、その熊の話は……あれ、どうだっけ。どうなったんでしたっけ、ミチルさん」

ドライカレーの器を茶の間に運びながら、ミチルは呆れ顔で言った。

「何よ、覚えてないの？　確か女の子は、小熊のスープを飲み干した上、小熊の椅子に座って壊して、さらに小熊のベッドで勝手に寝ちゃうの」

伊月は顔を顰めた。

「やりたい放題だな。マジで食われりゃいいのに」

「ちょ、タカちゃん」

「だって俺、留守中に入ってきた他人にそんなことされたら、滅茶苦茶怒るもん。絶対、ただじゃおかねえわ」

「気持ちはわかるけど、日本は法治国家やからな。一応、穏便に」

「熊に法治国家もクソもねえだろ。そんで、絵本のオチはどうなったんです？」

伊月と筧の会話を可笑しそうに聞いていたミチルは、苦笑いで答えた。

「帰ってきた熊たちは、家が荒らされてるのにビックリするの。で、ベッドで寝ている侵入者に気付いた熊の叫び声で目が覚めた女の子は、窓から逃走」

「は!?」

伊月と筧は、それぞれ手を止め、非難まじりの声を上げてミチルを見る。

ミチルは迷惑そうに眉を上げた。

「私が書いたわけじゃないんだから、そんな顔されても！　確かそんなオチだったわよ」

筧は綺麗に洗ったフライパンをまだ温かなコンロの上に置いて乾かしながら、悲しげに首を振った。

「そらアカン。逃走はアカンですわ。ちゃんと出頭してもらわんと」

いかにも刑事らしい親友の発言に、伊月は盛大に噴き出した。

「出頭ってどこへだよ。絵本の世界に、所轄署はねえだろ」

「せやかて……」

「けどまあ、それじゃ熊の一家はさんざんだよな。せめて後日、親御さんが菓子折を持ってお詫びに伺うくらいの結末があっていいんじゃねえの、最近の絵本的には。今どきは、桃太郎が鬼と和解するような話になってんだろ？」

「それもそうやな。……あっ、それより、飯。冷めへんうちに」

「お、そうだな」

三人は、小さなちゃぶ台を囲んで、ほぼ同時に「いただきます！」と声を上げた。

もう、時刻は午後九時を回っている。いささか遅い、あり合わせの夕食である。

「それにしても、ミチルさんが飯食っていくのがデフォルトになりつつあるなあ、最近」

筧がマイルドに仕上げたドライカレーの味に若干物足りなさを感じたのか、ウスターソースを注意深く数滴振りかけながら、伊月はそう言った。

ミチルは少しも悪びれずにそれを肯定する。

「だって、家に帰って何か作るより、ここで筧君のお手伝いをして、食べさせてもらうほうが美味しいんだもん。それに、早くミイラの話も聞きたかったしさ。空振りだったけど」

ミチルがつまらなそうにそう言うと、伊月は軽く憤慨した様子でスプーンを握り締めた。

「それはこっちの台詞っすよ。せっかく俺はミイラのCT撮影を見られると思って待ってたのに、土壇場になって放射線のドクターが、『入るのはひとりにしてくれ』って言い出すし」

「で、結局都筑先生だけが入ったのよね」

「そ。それでもデータを見せてもらおうと粘ってたのに、都筑先生が無理を聞いてもらったお礼にって、放射線の教授を飯に連れ出しちゃったから、結果は明日の朝までお預けだって」

悔しそうにドライカレーを頬張った伊月は、まだモグモグ咀嚼しながら、筧に話を振った。

「お前も、ミイラの引き取りには行けなかったんだよな？」

筧もまた、残念そうに頷く。

「そうやねん。別件で、近所のお宅に行ってたもんやから。それは事件やのうてよかったけど、引き取りには他の者《もん》が行ったみたいや」

「そっかー。まあ、明日の朝にお楽しみがあると思えば、出勤のモチベーションが上がってよかった、ってことにしておくわ」

「何すか、そのポリアンナ的よかった探し」

「そうとでも思わないと、やってられないわよ。せっかく心を開いてくれた女の子にも、『続きはまた今度』って言われちゃったしね」

もりもり食べながらぼやくミチルに、筧と伊月は顔を見合わせた。

「それ、S署の事件ですよね。友達の死について絶対何か知ってるはずの女の子、何も喋ってくれへんかったんですか」

ミチルは、レーズンだけをスプーンの先で拾い上げ、大事そうに口に放り込んでかぶりを振った。

「ううん、お喋りはしてくれた」

「それはよかったやないですか。ずっと黙りこくってたんでしょう？」

「うん、友達の遺体と引き離されて泣いたっきり、ずっと能面みたいな顔で、水しか飲まずに沈黙してたらしいわ。最終的には笑ってくれたし、ミックスジュースも飲んでた」

「そら、大きな進歩ですよ。先生と話して、何や感じるところがあったんですかね」

覚は開けっぴろげな笑みと明るい口調で、ミチルを労《ねぎら》う。しかし当のミチルは、忿《ふん》懣《まん》やるかたない様子で、テーブルを軽く叩いた。

「けど、そこでさらに一歩踏み込もうとしたところで、弁護士が入ってきちゃってさあ。何なのもう。体調に配慮してそろそろ切り上げてって、体調はむしろよくなってたっつーの。呼びつけといて、私が無理させたみたいに言われるの、マジで納得いかない」

「まあまあ。自分がケアしてる人に、不利益なことを喋らせないのがあの人たちの仕事っすからね。けど、続きはまた今度、ってのは誰希望すか？」

宥める伊月を軽く睨んで、それでもミチルは素直に答える。

「女の子……結花さんの希望。『明日も会える？』って訊かれたから、弁護士が何か言う前に、勿論よって言ってやったわ！」

「それ、若干墓穴《ぼけつ》掘ってる感じが……」

「凄く掘りまくった気がするけどいいの！　弁護士にチッって顔させただけでも私は

満足です」

断言して、ミチルは山盛りのドライカレーを頬張る。まるで、機関車に石炭をくべるような勢いだ。

普段は頼れる先輩だが、時々こんな風に子供じみて意地っ張りなところを見せるミチルを、伊月は苦笑いで見ながら言った。

「とはいえ、どうやって、あの怖い日本人形みたいな女の子に口を開かせたんです？解剖所見については、言っちゃいけなかったんでしょ？」

「実際、言ってないわよ」

「じゃあ、どうやって？」

「どうやってって……それは」

「それは？　何かテクニックがあるんやったら、僕も知りたいです。取り調べんときに、参考になるかもしれへんので」

筧もスプーンを置き、生真面目に畏《かしこ》まって期待の眼差しを向けてくる。

「それは、さあ……」

「それは？」

斜め前から二人同時に詰め寄られ、「そう言われても、簡単には説明しにくいけど」と困っていたミチルは、やがてちょっと悪い笑顔になってこう言った。

「一言で言うなら、ガールズトークってことで。だから残念だけど、二人には参考にしようがないわね」

「えええー！　それ、ずるい逃げ方だな～」

伊月はもう少し足そうと手にしたウスターソースのボトルの口をミチルのほうに向け、不満げに声のトーンを上げる。

「別に逃げてないし。でも、あんまし上手く説明できそうにないから」

「そないに難しいテクニックが……あ」

筧は、畳の上に置いてあったスマートホンが着信音を奏ではじめたので、「すんません」と話を中断し、立ち上がった。

たいして意味はないのだが、台所のシンクまで離れ、話を始める。

ドライカレーのスパイスの匂いを嫌って伊月の寝室に逃げ込んでいた飼い猫のしじゃもが、ようやく出てきて、筧のジャージの脚にまとわりつき始めた。

「もしもし……あ、村松さん？　昨日は大変やったね、お疲れさん」

「村松さん？」

不思議そうに囁くミチルに、伊月も小声で耳打ちする。

「ほら、昨日、ミイラを見つけた蔵のあるお屋敷の、家主の孫娘ですよ。俺たちの小学校時代の同級生」

「ああ、その人」

囁き合う二人をよそに、身を屈めてしゃもの頭を撫でてやりながら、筧は話を続ける。

「うん、うん……え？　そうなん？　ええと……せやな……うん。それやったらいっそ……」

筧は、我が家のようにくつろいで食事をしているミチルの姿をチラと見てからこう言った。

「何やったら、うち来る？　いや、今やったら女の人がおるから。僕ら二人だけ違うから、心配せんでええよ。うん、T駅まで迎えに出るわ。わかった。ほな、後で」

筧が通話終了するなり、伊月は身体ごと筧のほうを向いた。

「何だよ？　村松、ここに来るって？　何かあったのか？」

「うん、ミイラのことで、話したいことがあるて。警察より先に僕らに聞いてほしいらしくて」

「てか、お前、警察じゃん」

「そうやけど！　まあ、目当ては主にタカちゃんに違うかな。伏野先生がいてくれはったら、この家でも安心やろし……っちゅうか、ヘタに店とかより、ここのほうが人目を気にせず喋れるやろと思うて」

そこで言葉を切り、筧はすまなそうにミチルに頭を下げた。

「すんません、勝手に決めてしもて。せやけど」

「いいわよ。遅くなったら、前みたいに泊めてもらうし。ご飯食べて、食器片付けて待ってるわ」

「ありがとうございます。ほな、ちょっと行ってきます。僕の皿、レンジの中にでも入れといてください」

そう言って、筧はエプロンを外して家を出て行く。

「まだまだ『今日』は終わってなかったっすね」

「そうね。なんだか盛りだくさんの一日。嬉しくはないけど、ワクワクする気持ちがないでもない」

「奇遇っすね。俺もです」

残された二人は、顔を見合わせてやれやれというように肩を竦めてから、ドライカレーを食べ終えてしまうべく、同時にスプーンを取り上げた。

四章　心の在処《ありか》

　翌朝、ミチルが出勤すると、セミナー室にいるのは秘書の峯子、それに技術員の森陽一郎だけだった。

「あれ、都筑先生と伊月君は？」

　大きなテーブルで朝刊を広げ、二人で覗き込んでいた峯子と陽一郎は、姉弟のように仲良く同時に答えた。

「いません」

「いない？」

　峯子は、壁掛け時計を指さした。

「伏野先生、いつもより早いですにゃ。まだ九時になってません」

「あれ、ホントだ。一本早い電車に乗れちゃったのか」

「伊月先生が、九時より前に来たことはないですもん。今朝もまだです」

「じゃあ、都筑先生は？」

「お仕事でお出掛けです。先生の机の上に、メモを置いたって仰ってましたけど」

「お出掛け？　そんな話聞いてないけど」

ミチルは首を傾げながら、自席へ向かった。なるほど、机上のノートパソコンの上に、スティック糊《のり》を重石代わりにペラリとメモ用紙が置かれている。

「特別講義のピンチヒッターを頼まれたので、急遽《きゅうきょ》K大学医学部に行ってきます。例のものは僕の机の引き出しに。委細よろしく　ST」

やけに端正な文字で書かれていたのは、都筑教授からのメッセージである。STは、都筑壮一のイニシャルだ。

「なんでこんな日に限って、そんな仕事が入っちゃうかなあ。ミイラの読影《どくえい》、詳しい説明を聞きたかったのに。まあいいか、データだけでも先に見よう」

ちょっと不満げに呟き、ミチルは背の高いロッカー越しに峯子に声を掛けた。

「ネコちゃん、教授室開けて」

「はあい」

都筑にそうするよう言いつかっていたのだろう。峯子は特に目的を問うこともなく、すぐに合鍵で教授室の扉の鍵を開け、また朝刊チェックに戻っていく。

陽一郎がやけにのんびりしているところをみると、彼の上司である技師長の清田は、有給休暇を取っているようだ。

残業も休日出勤も少しも厭《いと》わない働き者の清田だが、趣味の能面打ちのワークショップに参加すべく、年に一度、短い休暇を取る。だいたいいつも、この時期にそれがあるのを思い出しながら、ミチルはひとりで教授室に入った。

お世辞にも広いとは言えない上にやけに細長い室内は、部屋の主曰《いわ》くの「ええ加減に」散らかっている。

応接用の低いテーブルの上には読みかけの本や飲みさしのマグカップが置きっ放しになっているし、スチール書棚からは法医学や薬理学、法律関係の書籍が溢《あふ》れ、床の上に積み上げられている。

中には、都筑が大好きな作家のハードカバー小説本も挟まっているが、果たして読了したかどうかは定かでない。

今は、写真や画像はパソコンで発表することが多いが、やはり解剖関係の資料は、人為的な操作を加えにくいアナログの形状で残される。

ゆえに、増える一方の写真やスライドも、ラックに収めきれず、かといって床置きは躊躇われるのか、ラックと天井の隙間にもぎゅうぎゅうと詰め込まれていた。

「大きな地震が起こったら、確実に死ねる部屋よね。しかも、即座に司法解剖に回されちゃう」

呆れ顔で呟きながら、ミチルは都筑の執務机に迷いなく近づいた。

彼がメモを残した「引き出し」とは、執務机の右側いちばん上の、鍵のかかる引き出しのことを指す。

いわゆる「そこそこ大事だけれど金庫に入れるほどではない」ものを入れておくためのスペースで、教室で合鍵を預けられているのは、二番手のミチルだけだ。

ミチルはポケットからキーリングを取り出すと、小さな鍵を選んで、鍵穴に差し込んだ。

薄い引き出しに入っているのは、茶色い事務用封筒一つだった。

軽く膨らんだ封筒の中には、ハードケースに収められたＤＶＤ‐ＲＯＭが一枚、入っている。

「さて、何が出るかな」

ミチルはそれを持って教授室を出て、自分の席に戻った。

ノートパソコンを起動させ、待ち時間にインスタントコーヒーを淹れる。

峯子は「せっかくコーヒーサーバーを借りてるのに」と嫌な顔をするが、ミチルはネスカフェゴールドブレンドが世界でいちばん口に合うのだ。しかもそこに、低カロリー甘味料と低脂肪牛乳を入れる。

これといってダイエット目的ではなく、単純に味が好きなのだと言ったら、伊月に「意外と悪食《あくじき》っすね」と言われてしまったが、ミチル自身は本気で「美味しいのに」と思っている。

マグカップを手に席に戻ると、ちょうどセキュリティソフトが立ち上がり、システムが安定した頃だった。

「よっし」

DVD-ROMをスロットに差し込み、読み込みを待ちながら、ミチルは昨夜、筧家を訪ねてきた村松咲月のことを思い出していた。

「突然、押しかけてしもてごめんなさい。さすがに、祖父の家の蔵からミイラが出たなんてこと、ひとりで胸にしまうには怖すぎて、とはいえもうよその家の人になった母に話すのもどうかと思て、思いきってある人に相談したんです」

昨夜遅くに筧家を訪ねてきた咲月は、ミチルと初対面の挨拶を済ませるなり、そう切り出した。

「筧君と伊月君にもちゃんと話してなかったと思う。うちの両親と私、長いこと父方の祖父の家に同居してたんです。早くに亡くなったんで、祖母の顔はよう覚えてません」

いきなりのプライベートな話に、ちゃぶ台を囲んで、三人は戸惑いがちに耳を傾ける。

「私が中三のときに両親が離婚して、母が家を出ました。その翌年、父が脳溢血で死んで……」

「お父さんが亡くなったのも、お母さんが再婚したのも昨日聞いたけど、その前にご両親が離婚してたのか。そりゃ大変だったな」

顔じゅうで同情しながら伊月がそう言うと、咲月は寂しく笑って首を横に振った。

「当時は気持ちの上で大変やったけど、今にして思えば、祖父がいて、父の葬儀を仕切ってくれたし、衣食住に突然困ることもなかったし、ありがたいことやわ。その後に大学に入ったときも、遺産分けや言うて学費を出してくれたし。感謝しとうんよ、祖父には。色んな意味で口が重すぎてろくに喋らんもんやから、大事なことを言うてくれんとこはあったけど」

咲月はそんなことを言った。

やはり、色々な人から真実を聞き出す訓練を日頃からしているせいか、彼女の発言に潜む微かな屈託を敏感に気取ったのは、やはり筧だった。

「神戸の大学に入って、そっからはお祖父さんの家を出て下宿やったっけ？」

「うん、そう」

「ほな、お父さんが亡くなって二年くらいは、お祖父さんと二人暮らしやったん？　お祖父さんの身の回りの世話は、村松さんがしたげてたんやろ。そら余計に大変やったやろなあ。相手はお年寄りやし、気持ちが行き違うこともあったん違うか？」

柔らかな口調で筧が繰り出す遠回しな質問に、咲月の顔に羞恥《しゅうち》と躊躇いが過ぎった。

「それが……」

「ああ、取り調べでも事情聴取でもないんやから、言いにくいことは、言わんでええよ？」

筧は優しく言ったが、それは言葉のとおりの意味ではなく、やんわりした誘い水であることをミチルも伊月も知っている。

案の定、筧の優しい催促に安堵した様子で、咲月は思いきった口調で打ち明けた。

「父が死んですぐ、知らん女の人が家に来るようになったんよ。誰やろうと思って母に電話したら、その人は、祖母がまだ生きとった頃に、祖父が外に作った女の人らしいよって教えられたん」

それは確かに他人には言いにくそうだと、ミチルと伊月は相づちを打てず固まったが、さすがというか、筧は少しも動じず、笑顔で小さく何度か頷いた。

「ああ、なるほどなあ。若い人なん？」

「祖父よりはだいぶ若いけど、今はもう、六十かそこら」

「ほな、村松さんと出会った頃は五十ちょいっちゅう感じやね。その人が、お祖父さんの世話を？」

「うん。その人がすぐにうちに住むようになって、私、なんや家に居場所がなくなってしもたん。うちの父方、けっこうな地主やけど、父はそれを祖父から受け継ぐ前に死んだから、そんなにお金は遺してくれへんかった。私、祖父の家で、祖父のお金で暮らしとったから、何も言われへんかったんよ」

クールそうな外見に似合わず、人一倍情に篤《あつ》い伊月は、黙っていられない様子で声のトーンを上げた。

「何だよ、それ。大人になってからならともかく、十代でそんなビミョーなシチュエーション、きつすぎんだろ」

自分のことのように憤《いきどお》る伊月を、筧はまあまあと宥める。ミチルは、出会ったばかりの相手なので、控えめな質問を投げかけた。

「家を出た理由は、進学の他にそのことも？」

咲月は素直にそれを認める。

「そうです。その人……千鶴《ちづる》さんて言うんですけど、邪険にされたわけやないし、むしろ、あっちが親切に話しかけようとしてくれるのに、私が一方的に拒否してた感じでした。祖父の家やし、祖父の好きにするべきなんはわかってました。けど理屈やなくて、なんか生理的に嫌やったんです。私には構わんといてくださいって意地張ったりしてたんです」

ミチルは小さく笑って頷く。

「わかる。十代はそういうことに潔癖な年頃だもの。お祖母様《ばあ》のことは記憶になくても、やっぱり嫌な感じがしても仕方がないと思うわ」

そんなミチルの言葉に少し安心したのか、咲月はやっと筧の出した麦茶を一口飲んで、力の入っていた肩を下ろした。

「けど、結局、祖父が入院したことを知らせてくれたんも、看取《みと》ってくれたんも、千鶴さんなんです。葬儀の段取りも全部やってくれはって」

「そらよかったな」

筧は、咲月のグラスにお茶を注ぎ足してやる。目でお礼を言って、咲月は話を続けた。

「祖父のお通夜と葬儀の間に、千鶴さんと初めて二人きりで話して、そこでやっと、ホンマのことがわかったんよ。母なんかは、どうせ財産狙いに決まってるわって言ってたけど、そんなことなくて」

「なかったのかよ？　世話した分、財産はがっぽりいただくぜ、とかそういうんじゃなくて？」

伊月は意外そうに目を見張る。咲月は、内緒話をするいたずらっ子のような表情で言った。

「千鶴さんは祖父と出会った頃、事故で旦那さんを亡くしたの。乳飲み子を抱えて、旦那さんが死ぬ直前に始めたばかりの小料理屋をひとりで切り盛りしてたんやって。友達と時々千鶴さんの店で飲んでた祖父は、その境遇に同情して、店のローンの肩代わりを申し出たの」

「え、じゃあ、えっ？」

「祖父は誰にも何も言わんかったんよ。みんな愛人やと思い込んだけど、実はただのパトロンやったんやね。そやから祖母が死んでも、後妻に迎えたりはせえへんかったんやわ。もしかしたら祖母だけは、ホンマのことを知っとったんかもしれんけど」

「はー。じゃあ、村松のお父さんが死んだ後、その人が家に入ってきたのは……」

「ひとり息子が独立して、店を畳んで身軽になったから、祖父の希望を聞き入れてくれはったみたい」

「祖父さんの？　どんな希望だよ？」

「祖父と二人暮らしになったら、私が祖父を心配して、自由に人生の選択をできんようになるやろって。それで、祖父のことを気にせんでええように、家のことを千鶴さんに頼んだんやって。千鶴さんは、かつての恩返しのつもりで万事、引き受けてくれはったんよ」

「へええ。じゃあ、住み込みのハウスキーパーだって、言ってくれりゃよかったのにな」

「ほんまにね。千鶴さんが言うには、もしかしたら、私が勘違いしたままのほうが、家を出て行きやすいやろと思ったんやないかって。けど、私はそれだけやないかもなーって思ってる」

「なんで？　まだ何か疑念があんのか？」

訝しげな伊月に、咲月は悪戯っぽく笑って肩を竦める。

「疑念やないよ。ちょっとロマンチックな仮説としては、祖父にとっては、もしかしたら好きな気持ちがあったっていうか、純愛やったんかもしれへんと思うだけ。千鶴さん、綺麗な人やから」

「あー、なるほど。千鶴さん的には祖父さんはただの親切な人でも、祖父さん的には、千鶴さんは一目惚れのマドンナだったり」

「そうそう。けど、そんなことはどうでもええのよ。祖父にうんと親切にしてくれはったんやもん。せめて、家を処分してできるお金の何割かは受け取ってほしいて千鶴さんに言うたんやけど、それも断られてしもたんよ。お祖父さんの遺言どおり、寄付しなさい、私はほんまに困って苦しかったときに、もう助けてもらったんやからって」

「まんまいい人じゃん。なんだよ〜」

(あのときの伊月君、ワイドショーを見てる主婦みたいな顔してたっけ。いや、私もそうだったんだろうな、きっと)

身を乗り出した伊月の興味津々の顔を思い出し、クスリと笑いながら、ミチルはマウスを操作し、DVD-ROMに収められたファイルを開いた。

そのとき、背後の扉が開いて、耳慣れた声が聞こえた。

「おいーっす。ねっむいわ」

言うまでもなく、伊月である。ミチルは振り返らずに声だけ掛けた。

「おはよ。今から、ミイラのCT画像見るわよ」

「おっ、マジすか」

伊月は見事なコントロールで、自分の机の上にショルダーバッグを投げ、近場の椅子を引っ張ってきて、ミチルの横に来た。

「朝からミイラってのは、なかなか刺激的だな〜。あ、来た来た」

画像処理ソフトが起動し、ノートパソコンの画面に、ミイラの画像が表示される。

「あ、CTだけじゃなくて、X線撮影もしてくれてるんだ」

ミチルの言葉に、伊月は椅子から立ち上がり、ミチルの机に片手を突いてモニターを覗き込んだ。

「ホントだ。んー、普通っすね」

その簡素すぎる読影所見を、ミチルは軽く補足する。

「そうね。X線では、特に損傷は見られないわね。というか、骨を切って、内臓を取り出した形跡がないし、内臓らしいものも写ってる。だいぶ形は変わってるけど」

「ってことは、ガチの即身仏？」

「少なくとも、それに似たものである可能性はあるわね。ＣＴでもっとハッキリ見えるかしら」

同意しつつ、ミチルはＣＴ画像を開いてみる。

すべてのデータが入っているのかと思いきや、どうやら都筑は、必要と思われる画像だけをピックアップしておいてくれたようだ。

無論、実際に選択してくれたのは、放射線科の教授なのだろうが。

「あ、凄い。３Ｄ処理画像だわ」

「あっちの教授が考古学大好きっ子らしいから、ノリノリで検査してくれたんじゃないですかね。すっげーわかりやすいな。これ、何法でしたっけ。Ｍ……なんだっけ」

「ＭＰＲ表示法じゃなくて、ＶＲ法のほうだと思うわ」

「ボリューム・レンダリング……あー、ＣＴ値の値を変えて撮っていく奴でしたっけ。俺、あんま詳しくないですけど」

「たぶんそれ。ＣＴ値は水を基準、つまり0として、相対値で表すでしょう？　そのＣＴ値を調整することによって、色んな性質を持った人体の部位を描出できる……と、ざっくり教わったわ。本当のところはよくわからないけど」

「確実にわかるのは、テクノロジーと、それを使いこなす放射線科のドクターが凄え《すげ》ってことくらいですかね」

「そのとおり」

ミチルは、もっと大きなモニターで見たいなとぼやきつつも、画像を全画面表示にしてじっと見入る。

胸腹部の臓器を色分けして立体的に描出した画像を指さし、伊月は少し不安げに部位の名を口にした。

「これ、肺っすかね。ぐじゃっとなってますけど」

胸腔《きょうくう》の背側にこびりつくように写っている物体を示す伊月の見立てに、ミチルは首を傾げる。

「そうとしか考えようがないわね。左右共に形は崩れてるけど、位置的に肺でしょ。あと、ここ。胸骨の背側にへばりつくみたいになってる薄いもの」

「大人だから、胸腺はそんなにしっかり残ってねえな。となると、心臓か」

「私もそう思う。腹腔も凄いわね。ちゃんと写してくれてる。肝臓、ずいぶん小さくなっちゃってるけど、右上腹部にちゃんとある。脾臓《ひぞう》は血液量が多いし、膜が薄くて柔らかいから、乾燥するより先に腐敗してしまったのかしら。崩れてる感じ」

「あと、このティッシュをクシャクシャしたみたいなのが、腸管かな」

「腸は粘膜が薄いから、乾燥するとペラペラになるでしょうね。……確かに臓器は取り除かれていないみたい。ほら、頭部の画像も入ってる。乾燥して小さくなった脳が、後頭骨に盛りつけたみたいに残ってるわ」

「あー、ほんとだ……って、あれ？」

「ん？」

「残念ながらこれは3Dじゃないけど、ほら、ここ」

ちょっと手を出して、ミチルの代わりにマウスを操作し、モニターの端っこに小さく表示されていた頭部の正中矢状断《せいちゅうしじょうだん》、つまり頭部顔面の単純CT写真を、左右に分けるように真っ二つにしたスライスを拡大した。

「口腔内……前のほうで白く写ってんのが歯でしょ、で、新鮮な死体ならこんもりふっくら写ってるはずの舌が、うす～く写ってて……で、なんかこう、口に何か入ってる感じ、しません？」

「んんん？」

「ほら、舌が普通に縮んだっていうより、なんか押し下げられたみたいな形で平べったく固まってる感じが……しませんか？」

「そう？」

伊月がそうするのと同時に、ミチルもジワジワとモニターに顔を近づけていく。モニターの前で頭をくっつけるようにして、二人はミイラの画像に見入った。

「X線の頭部んとこをもっぺん……んー、心の目で見たら、うっすら何かありそうな、なさそうな」

「なさそうだけど……写らないものもあるから、何とも言えないわね。でも、うーん……」

画像読影の専門家でないだけに、こういうことには、ミチルの言葉のエッジも鈍くなる。

二人が唸っていると、机の片隅に置いたミチルのスマートホンが、突然、着信音を鳴らし始めた。

古き良き「ナイトライダー」のテーマ曲が響いたのにビックリして、二人はゴチンと頭をぶつけ、それぞれ悲鳴を上げながら離れる。

「あだだ……こんなときに誰よ、って、あら」

片手で頭を押さえたミチルは、悪態をつこうとして途中でやめ、スマートホンを取った。

「もしもし、都筑先生？　おはようございます。今、どちらに？」

『今、電車降りて、K大に向かって歩きようとこや。上り坂がえぐいわ〜』

スピーカーからは、都筑の呑気そうな声が聞こえてくる。伊月も、都筑の声を聞こうと、スマートホンに耳を寄せた。

「だいたいどこかわかりました。それで、置いてってくださったミイラの画像を今、伊月君と見てるんですけど」

『ああ、それのことやねんけど』

都筑は、世間話でもするような調子で言った。

『昨夜、放射線のドクターたちが居残りで手伝ってくれてんけどな、やっぱし中身入りやて。そんで、目立った傷はないけど、疾患についてはハッキリせんて言うてた。ミイラの読影は初めてやから何とも言えんけど、肺はもしかしたら結核やったかもしれんて。右肺に小さい石灰化巣《せっかいかそう》っぽいもんがいくつか見えるそうや。僕にはわからんかったけどな。老眼のせいかな』

「……安心してください。今、リアタイで伊月君と見てますけど、よくわかんないです。生きてる人の読影もおぼつかないのに、ミイラの読影じゃ、難しすぎて」

『そやなあ。あと、たぶん口ん中に何ぞ入ってるかもしれんて言うてた』

「お、ビンゴ！」

伊月はちょっと得意げな顔でVサインをしてみせる。ミチルはやや悔しげに「えー」と声を上げた。

「ほんとですか？　今、伊月君もそんな気がするって」

ミチルの声音で、彼女の心境はお見通しなのだろう。都筑は可笑しそうに返事をする。

『ハッキリとは写ってへんのやけどな。舌《ぜつ》が圧迫された感じのシルエットやなって』

「ほらあああ」

ますます勝ち誇る伊月の額を指先でずいと押しやりながら、ミチルは顰めっ面で言い返した。

「ミイラは俯いてましたし、口もほとんど開いてなかったので、中は敢えて覗きませんでしたけど」

『うん。隙間からよう覗いてみたら、何ぞあるような気もしたけどな』

「それ、確かめられるでしょうか」

『唇の隙間から……あるいは、横ちょをちょっと切らしてもろたら、確認は可能やろし、引っ張り出すこともできるやろ。そこは警察と、ご遺族……やないかもやけど、家主のお孫さん次第や。許可を貰わな』

「ですね。何か見つかったからっていって、死因と関係あるとは限らないですし」

『そういうこっちゃ。僕らの好奇心だけで、事を運ぶわけにはいかんからな』

どうやらわざわざ電話を寄越したのは、好奇心旺盛すぎる部下と院生に、ざっくり釘を刺しておくためだったらしい。

ミチルは茶目っ気のある目つきで、「言われちゃった」と唇の動きだけで伊月に伝えた。

『なんや？ どないかしたか？』

「あ、いえ、何でもないです。とにかく、凄く参考になりました。ありがとうございました！ あと、特別講義、頑張ってくださいね」

『うん。ありがとうな。近場やし、終わったらすぐ戻るから』

「わかりました。私ももうすぐ例の件で出掛けますけど、伊月君がいます。それでは」

通話を終えてスマートホンを机に戻すと、ミチルはやはり悔しげではあるものの、伊月に小さな拍手を贈った。

「読影は、これから伊月大先生に任せようっと」

「ちょ、やめてくださいよ。つか、ミチルさん。ミイラの口の中に何か入ってるとしたら、昨夜の村松の話と、もしかしたら関係が……」

「うん、私もそう思った」

伊月とミチルは、顔を見合わせて小さく頷き合う。

昨夜、「千鶴さん」のことから語り始めた村松咲月は、こんなことを言い出したのだ。

「そんでね、千鶴さんに、家の整理が進んでる報告も兼ねて、昨日、電話したん。思いきって、蔵の二階の箱からミイラが出た話をしたら、さすがにビックリしてはってんけど、箱があること自体は知ってはったんよ」

「話を聞いたことがあった？　それか、蔵に入ったことがあるっちゅうこと？」

筧の的確な質問に、咲月は頷く。

「晩年の祖父は脚がおぼつかんようになっとったから、千鶴さんが何度か、祖父を支えて一緒に蔵の二階へ行ったことがあるんやって」

「そんで？　村松の祖父さん、そこで何してたって？」

伊月は興味津々で問いかける。

「いつも、祖父の指示で千鶴さんが掃除して、箱の表面の埃も拭いて、それから祖父は箱に向かってお線香とお経を上げて、合掌《がっしょう》してたらしいわ」

かーんじーざーいぼーさーつってやつ、と、咲月は平板に般若心経《はんにゃしんぎょう》を唱えてみせる。

「一般的なお経ね。ということは、お祖父さんは中に何が入っているかご存じだったのかしら。でなきゃ、お経なんて唱えないわよね」

ミチルがそう言うと、咲月は曖昧に頷いた。

「少なくとも千鶴さんは、ミイラとは聞いてへんかったらしいです」

「そうなの？」

「はい。何が入ってるんですかって祖父に訊ねたら、『うちの親父と祖父さんが遺した業《ごう》や』て答えたとかで」

「お祖父さんの、お父さんとお祖父さん……残念だけど、もう亡くなった方々ね」

「千鶴さんが言うには、祖父がそのとき、『いつか咲月に話すつもりやけど、もしそれまでに俺に何かあったら、もうお前は背負わんでええもんや、どっかの寺に託せと伝えてくれ』と言うたんやそうです。葬儀のバタバタでうっかり忘れてたって、謝られました」

ミチルは、冷たい麦茶を入れたせいで汗をかいたグラスの表面を指先で辿りながら、ふーむ、と唸った。

「千鶴さんは、それきり突っ込まなかったんだ？」

「突っ込んでも、具体的なことは聞けんかったと。ただ、祖父自身、子供の頃に父親……つまり私にとっては曾祖父《そうそふ》ですけど、その人にいっぺん見せられたきりや、けど可哀想《かわいそう》でよう忘れん、祖父はそう呟いたそうです。そやから千鶴さんは、てっきり、水子のお骨でも入ってるんやろかって思ったたって言ってました。蔵に隠すくらいやから、よっぽど体裁が悪いもんなんやろし、詮索したらあかんと思いはったみたい」

「可哀想でよう忘れん……ってのは、今思えば、村松の祖父さんが、ミイラを見せられたとき、その由縁を聞かされたからこその言葉ですよね。そう思いません？」

伊月の言葉に、ミチルも苦笑いで頷いた。

「かもしれないわ。そして、ミイラの口腔内の異物が、ミイラがそこに置かれることになった経緯を、何らかの形で教えてくれるかもしれないわね」

「ですよね。ここまで来たら、見たいなあ」

伊月はそう言ったが、ミチルは冷静に首を横に振る。

「そこは、都筑先生の言うとおりよ。ミイラの口腔内に何か異物が入っていたとして、それを取り出すかどうかは私たちには決められないわ」

「ちぇー。けど、とりあえず、トライはしてみません？　取り出していいかどうか訊くとこから」

「そうね。科捜研経由で所轄のＯＫが出たら、あとは村松咲月さんのご意志よね。警察のほうは、鑑定の一環として許可が出ると思うわ」

「村松にしたって、どう考えても最終的には祖父さんが言ってたように寺に託すことになるんでしょうけど、無縁仏としてよりは、正体がわかった上でそうするほうが気持ちがスッキリするんじゃねえかな」

「そこはご本人に訊ねてみないと……というわけで、お願いしてもいいかしら」

突然、ミチルに話を振られて、伊月は驚いて軽くのけぞる。

「へ？　俺？」

「うん。だって私、これから別件で出掛けなきゃいけないんだもの」

「別件？」

「ほら、女子高生のほう。片桐結花さんと、今日も会う約束をしてるから」

「ああ、なるほど」

「両方からオッケーが出たら、異物の摘出に取りかかってもらって構わないわ」

ミチルは時刻を確かめると、CT画像の画面を閉じ、DVD-ROMを取り出した。ケースに収めたそれを差し出された伊月は、受け取りつつも当惑の面持ちになる。

「あー……。けどミイラのほうも、ミチルさんが鑑定医でしょ? 俺に任せちゃっていいんですか?」

　やや困惑顔の伊月に、ミチルはあっさり言った。

「ミイラのほうが単純に魅力的ではあるけど、そっちはもはや事件性があったとしても時効でしょ? だったら、香川樹里さんの死の真相を解き明かすほうを優先するわ。結花さんのこれから先の人生に関わることでもあるし。……ただ、伊月君だけに任せるのは確かに不安だから、実際にミイラに侵襲《しんしゅう》を加えるのは、都筑先生が帰ってからにしてもらえると助かる」

　そんなミチルの正直な言葉に、伊月はむしろホッとした様子で頷いた。

「そりゃそうっすよね。了解です。何かあったら、メールで連絡しますね」

「こっちもそうするわ。じゃあ、よろしくね」

「あーい」

　間の抜けた返事をして、伊月は片手をヒラヒラさせる。

「ミイラの身体に侵襲を加えるときは、どんな小さなことでも、前後に写真を忘れないでね」

そう念を押して、ミチルは再びS警察署に向かったのだった。

また、昨日と同じように、狭い上に殺風景この上ない取り調べ室で、得体の知れない少女と腹を探り合う。しかも、事実上の衆人環視のもとで。

そんな覚悟で片桐結花と相対したミチルだが、またしても度肝を抜かれる羽目になった。

今日は落ちついたピンク色の、袖と裾に透け感のある上品なワンピースを着た結花は、挨拶もしないうちからこう言ったのだ。

「わたしを連れ出して」

ミチルは思わず、反射的にマジックミラーのほうを見てしまった。

しまったと思う暇もなく、結花も同じほうを見て、ニコリともせず口を開く。

「ドラマで、知ってる。この鏡の向こうに人がいて、覗いてるんでしょ」

そのとおりですとも言えず、ミチルは微妙な顔で視線を逸らす。

今日は唇に淡い色つきのリップクリームを塗った結花は、鏡を真っ直ぐ見据えて言い放った。

「嫌やから。今日は、他の誰にも聞かれたくない。先生にだけ、話す」

「……私にだけ？　どうして？」

結花の意外な宣言の意図が理解できず、ミチルは問い質す。結花は相変わらずのぶっきらぼうな口調とハスキーな声で答えた。

「樹里ちゃんの人生の仕上げをしてくれた人やから」

「人生の、仕上げ？　司法解剖のこと？　そんな言い方をされたのは初めてだわ」

「違う？」

「いいえ、確かにそうだと思うけど、だから私には話してくれるの？　いったい何を？」

「きっと先生が聞きたいと思ってること」

「私が……聞きたいと思ってること」

結花の言葉をオウム返しした後、そのまま「それは樹里の死にまつわることか」と続けようとして、ミチルはすんでのところで言葉を飲み込んだ。

おそらく、結花はミチルと二人きりになるまで、具体的な表現をするつもりはないのだ。

十代の少女ながら、あらゆることにしっかりした自分の流儀を持っているように思える結花だけに、無粋な言動をしては、せっかく話す気になってくれているのが台無しになりかねない。

（それなら、トライしてみるしかないか）

「わかった」

ミラーの向こうで弁護士が「冗談じゃない」と慌てる様子を想像して少しだけ愉快になりつつ、ミチルは素知らぬ顔で請け合った。

「ほんと？」

結花はじっと見つめてくる。

極端に瞬きが少ない少女の視線を受け止め、ミチルは人差し指を立てた。

「ただし、どこでも行けるってわけじゃないわよ。ちゃんと行き先を決めて、警察の人と、弁護士さんと、何よりご両親の許可を取らなきゃ。それにかかる時間は待てる？　それとも、日を改める？」

いっそ今日の話し合いはこれで切り上げ、都筑と伊月に任せたミイラの調査に戻るのも悪くない。

ミチルにはそんな思惑もあったが、結花はキッパリとかぶりを振った。

「今日、話したい。そしたら、予定どおりになるから」

「予定どおり？　どういうこと？」

「樹里ちゃんと全部決めたから。スケジュール」

ミチルはうなじを冷えた手で逆撫でされたような異様な悪寒《おかん》を覚えながらも、それを表情に出さず、注意深く言葉を選んで訊ねてみた。

「そのスケジュールっていうのは、樹里さんが死んだ後のこと？」

それに対する結花の返事は、簡潔だが何とも不気味だった。

「全部のこと」

無感情に、少女にしては低い声で告げられたその一言があまりにも多くの事柄を含んでいるように聞こえて、ミチルは咄嗟にリアクションができなかった。

「外の人たちに、早く訊いてきて」

一刻も早く取り調べ室を出たい様子で、結花はミチルを急かす。だがミチルは、根気強く質問を続けた。

「一応、希望を訊いとくね。何か特にしたいこととか、行きたい場所とかあるの？」

すると、結花は即答した。どうやら、その質問も予測済みだったらしい。

「喫茶店」

「喫茶店？　どんな喫茶店？」

「うん。ホットケーキが食べられるとこ」

「ホットケーキ……」

ミチルはギョッとした。

彼女の脳裏に、香川樹里の胃内に入っていたホットケーキの欠片と、メープルシロップの甘い香りが甦る。

樹里が人生最後に食べたものを、結花は今、ミチルに要求してきたのだ。

ミチルはゴクリと唾を飲んで波立った気持ちを落ちつけ、平静を装って応じた。

「ホットケーキの食べられる喫茶店ね。わかった。ちょっと交渉してくる」

結花は瞬きで頷くと、まるでロボットが電源を落とすように、目を閉じて軽く項垂《うなだ》れてしまう。

「過度の期待はせずに待ってて」

そう言いおき、ミチルはさっき入ったばかりの部屋からそそくさと出た。

案の定、弁護士が難色を示したので、ミチルはてっきり、結花の要求は通らないと考えた。

しかし意外にも、会社を休んで娘に付き添ってきた父親が、結花の援護射撃をした。

樹里の死以来、家に閉じこもり、口を閉ざしていた娘が、外に出たがり、あまつさえミチル限定ではあるにせよ自分から話をしようとしているのだ。

我々は、このチャンスを逃すべきではない……と、有名銀行勤務の父親は、渋る弁護士と刑事たちに滔々《とうとう》と訴えた。

娘のことを案じる気持ちも勿論あるが、できることなら、この一件に一刻も早く幕引きを図りたい気持ちが、結花の両親にはあるのだろう。

樹里の不可解な死については、既にニュースや新聞で報じられている。

無論、未成年のことなので樹里と結花の氏名は伏せられているが、女子高生の心中疑いというういささかセンセーショナルな事件だけあって、ワイドショーは連日、面白おかしく取り上げている。

たとえ実名を出さずとも、樹里の自宅や二人が通う学校の校舎の映像、加えて登下校途中の生徒たちを道路で待ち伏せて録ったインタビューまで放送されては、個人情報の特定は一般人でも容易だ。

既にインターネットには、樹里と結花の名前や写真が大っぴらに出回り、いわれのない中傷や憶測が乱れ飛んでいる状態である。

樹里の両親は、押しかけるマスコミのせいで愛娘の葬儀すらままならない。結花の両親にしても、母親は娘からかたときも目を離せず、父親も職場に詰めかける取材記者たちのせいで、欠勤を余儀なくされている。

起きてしまった事件そのものについては風化を待つしかないが、この先、長い人生を生きていかねばならない結花の命とプライバシーを守り、一刻も早く家族の平穏な日々を取り戻したい。

結花の両親の願いは至極当然のものだ。

依頼主のたっての願いとあっては弁護士も引き下がらざるを得ず、警察も、結花が指名した話し相手が、曲がりなりにも医師であるミチルだということもあり、しぶしぶ結花の願いを受け入れた。

とはいえ、事件の重要参考人、しかも未成年を完全にフリーな状態にするわけにはいかない。

喫茶店はS署近辺、しかも会話は聞こえないが、二人の姿はハッキリ見える席に複数人の刑事を配置できる店を選ぶということで、どうにか話がまとまった。

それから約一時間後、ミチルは改めて、S署近くの昔ながらの喫茶店の奥まった席で、結花と向かい合って座っていた。

そろそろ昼時なので、店内はそれなりに賑《にぎ》わっている。客層は、近隣で道路工事中の作業員や、地元の町工場の従業員たちと見受けられた。S署の人々にとっても馴染《なじ》みの店なのだろう。

この店がすぐにピックアップされたあたり、S署の人々にとっても馴染《なじ》みの店なのだろう。

店内には歌謡曲が大きめの音量で流れ、その分、客同士の会話の声も大きくなる。テーブルの間隔が比較的広くて、内緒の話をするにはもってこいの場所だ。

事情は特に明かしていないので、厨房《ちゅうぼう》が定食を作るのに忙しいところにホットケーキを注文されて、エプロン姿のスタッフは、いささかつっけんどんに「時間かかりますよ」と言った。

だが、ミチルたちにとっては、その分話せる時間が延びて願ったり叶ったりである。

ミチルは敢えて鉄面皮《てつめんぴ》を装い、心の中で詫びながら、「ホットケーキと紅茶」を二人前注文した。

「さて、お話は好きなタイミングでどうぞ」

ミチルは小さめのグラスの水を一口飲んでそう言った。

水にカルキ臭さはないが、おそらくは気前よく入っている氷のほうに、冷凍庫特有の臭いがついている。

結花は水に手をつけず、おしぼりで手を拭きもせず、両手を腿の上に揃えて、目を閉じた。

心の中の樹里に、秘密を打ち明けていいかもう一度問いかけるようなその仕草を、ミチルは黙って見守る。

窓際の二人掛けの席から、デートを装った男女の私服警察官の視線を感じてやや居心地が悪いが、そこは致し方がない。

やがてそっと目を開けた結花は、ボブカットの艶やかな髪を耳に掛け、ついでのようにヘアピンにそっと触れてから話し始めた。

「樹里ちゃんは、大人になりたくなかったんよ。だから、死んだ」

あまりにも陳腐に聞こえる台詞に、ミチルはやや拍子抜けしてガクッとなる。

「待って。いくら何でも、ふわっとしすぎてない？　私が知っている中でいちばんふわっとした自殺の動機は芥川龍之介《あくたがわりゆうのすけ》の『ぼんやりした不安』だけど、それと同じか、その次くらいにふわふわしてる」

「ばかばかしい理由やって思う？」

「ばかばかしいっていうか、理解不能っていうか。そもそも、どうして、大人になるのがそんなに嫌なの？　たとえば今、結花さんの目の前にいる私は、『嫌なもの』なわけ？」

結花は初めて少し困った顔をして、「先生は、別に」と答えた。

「私はそれほど嫌じゃない？」

「今さっきの、理解不能って言ったときの顔は、ちょっとバカにされたみたいで嫌い。けど、先生は樹里ちゃんのこと、綺麗やって言ってくれたから許す」

「……うん？」

「樹里ちゃん、解剖の後、綺麗に仕上げてくれた？」

「それは……」

「解剖の話、そんなことでも話したらあかん？」

縋《すが》るように見つめられて、ミチルは「いいよ」と言った。それが交換条件だというなら、飲んでもいい範囲の事案だろうと考えたのだ。

「樹里さんに限らず、開けたご遺体を閉じるときは、できるだけ綺麗に……解剖前の姿に近づける努力をするわよ。損傷の酷いご遺体のときは、生前の姿を想像して仕事をする」

「樹里ちゃんも、解剖される前の姿になった？」

「勿論、身体に大きな縫い目は残る。でも、そこは葬儀屋さんが白い着物を着せつけるとき、見えないように工夫してくれる」

「見た？」

「うん、見た。葬儀屋さんは、解剖室で納棺の作業をするから」

「どんな顔してた？」

矢継ぎ早の問いに、ミチルは数秒考えてから答える。

「ありふれた言葉を使うと、とても安らかだった。眠っているような……どこか、満足してるみたいな顔だった。上手く表現できないけど」

「ほんまに？」

「うん。私が視させていただくご遺体って、たいてい事故や事件に巻き込まれて、不慮の死を遂げた人たちが多いでしょ。やっぱりそういう人たちって、驚いてるとか怒ってるとか悔しがってるとか、そんな風に感じる顔をしておられることがけっこうあるの。だから、安らかな死に顔のほうが、よほど印象に残る。樹里さんは、とても綺麗な顔をしていたわ」

ふうん、と満足げに頷き、結花は椅子の固いシートに軽く座り直した。それから、すうっと息を吸い込んで、大きくはないが、ミチルの耳にはちゃんと届くしっかりした声で喋り出した。

「わたしと樹里ちゃん、幼稚園からずっと一緒やったの。昔は樹里ちゃん、死にたくなかった。誰よりも可愛くて、綺麗で、生き生きしてた」

ミチルは軽く身を乗り出し、結花に顔を近づける。

「でも、ある時点から、樹里ちゃんは死にたくなった。それも凄く真剣に」

「それは、いつ？」

探るように問いかけたミチルに、同じように両肘をテーブルについた結花は、淡々と答えた。

「三ヵ月前。樹里ちゃんが、『わたし、死ぬことにする』って決めた」

あまりにもあっけらかんと告げられた「スケジュールの開始」に、ミチルは二の句が継げない。

（どうしろってのよ、思いっきり貧乏くじ引かせてくれちゃってさ！）

ミチルは心の中で悪態をついた。

刑事たちや結花の父親、それに弁護士からは、あまり結花を刺激することなく、できるだけ多くの情報を引き出してほしいと要望されている。

しかし、それこそまさに「言うは易《やす》く行うは難《かた》し」だ。

こんな得体の知れない生き物と、この先どうやって話を進めればいいのかと途方に暮れつつ、ミチルは極力当たり障りのない質問を試みた。

「どうして唐突に、樹里さんはそんなことを決めたのかしら。何か、つらいこととかショックなことがあったの？」

すると結花は、ミチルのほうに身を乗り出し、ジッとミチルの目を見て小声で囁《ささや》いた。

「録音してる？」

ミチルは反射的に両手を軽く上げ、降参のポーズになる。

「録ってません。盗聴もされてない。警察の人があそこにいるのに気付いてるでしょうけど……」

「服のセンス最悪だから、わかる」

「そこはノーコメントだけど、とにかく小声で話す限り、あの人たちに私たちの会話を聞かれることはないわ。だから、もし、あの人たちは抜きで、私にだけ言えることがあるなら、聞かせて。ぶっちゃけ、探りを入れてこいって言われたけど、結花さんが言わないでってことについては、言わないわ」

「ほんまに？　これから話すこと、内緒にできる？」

「できる。ししゃもにかけて誓う」

結花は、思いがけない単語に小首を傾げた。

「ししゃも？」

ミチルは小さく肩を竦める。

「あんまり宗教には熱心じゃないものだから、いちばん誠実でありたいと思う対象にかけて誓うわ。ししゃもっていうのは、私の後輩が飼ってる猫」

結花はそれを聞いて、納得顔で言った。

「猫は人を裏切っても、人は猫を裏切らない」

「私もそうであろうと思う。合意できて嬉しいわ」

二人は頷き合い、結花はミチルにやっと聞こえる程度の小さな声で、やけにサラリととんでもない秘密を明かした。

「樹里ちゃん、去年の六月、彼氏が出来たん」

「あら、青春っぽくて羨ましい。でも確か、中高一貫の女子校だったわよね？　男子と知り合うチャンスはなかなかないんじゃないの？」

コイバナ、つまり恋愛トークは苦手なミチルだが、そんなことは言っていられない。ここは積極的に探りを入れると、結花は微妙な嫌悪感をその繊細な顔に漂わせ、さらに声のトーンを下げた。

「女子校でも、先生に男はいるから」

「……先生がお相手だったの？」

「先生っていうか、教育実習生」

「なるほど」

「わたしは応援してた。だって、先生を好きになっても別にええと思うし。実習生はそのうち学校におらんようになるし」

ミチルは注意深く言葉を選ぶ。

「とはいえ、大学生と高校生のカップルか〜。そこそこハードルが高いわね。どんな人だったの？」

「凄くかっこいいわけやなかったけど、優しそうな人。数学が得意で、樹里ちゃん、放課後に教えてもらいにいったりしてた。……そんで、教育実習最後の日に、樹里ちゃんから告ったん。一緒にラブレターの文面考えたりしたから、覚えてる」

「教育実習の先生のほうは？」

「先生も樹里ちゃんが好きやったみたい。樹里ちゃんは綺麗やから、一目惚れかも」

「じゃあ、二人は付き合い始めたんだ？」

「うん。それまで寄り道は必ずわたしとで、図書館で勉強して帰るとか、部活がちょっと遅くまであるとか、嘘ついて行ってた。けど、それからは、わたしと一緒に帰るから大丈夫って嘘ついて、先生と出かけることのほうが多くなって……」

「それは寂しいわね。親友に捨てられたみたいに感じなかった？」

ミチルが気の毒そうにそう言うと、結花は小さく笑って首を横に振った。

「夜に必ず電話があって、先生とどこ行ったとか、どんな話をしたとか、必ず報告してくれてた。うちの学校、男女交際禁止やし、まして相手は教育実習の先生やった人やし、そのことは、樹里ちゃんとわたしの二人だけの秘密やった。だから……ちょっとだけ寂しかったけど、でも、嬉しかった」

「嬉しかった？」

「樹里ちゃんは社交的やから、他に友達はいくらでもいるけど、いちばん大事な秘密を分かち合えるんは、わたしだけ。だから、嬉しかった。わたし、樹里ちゃんしか友達いてへんから……樹里ちゃんが信頼してくれることが、いちばん嬉しい」

もはやこの世にいない親友との関係を、結花はまだ現在進行形で話す。それに気付いて、ミチルの胸はツキリと痛んだ。

「それに、樹里ちゃんの話を聞いてると、ドキドキした」

「ドキドキ？」

結花は胸元に両手を重ねて当て、恥ずかしそうに口ごもる。

「最初のデートで手を繋いだとか、映画館で、映画が終わる寸前に先生からキスされたとか……その……アレ、した、とか」

「……あー……」

ミチルは思わず眉間を押さえて奇声を発した。

もうこの時点で、話は十分すぎるほど生々しい。

あまりその手の下世話な話が得意でないミチルにとっては、アウェー感漲《みなぎ》る話題である。

二人の表情をチラチラ窺いつつ、いったいどんな話をしているのだろうと訝しげな警察官たちの顔が視界の端に映り、ミチルはますます決まりの悪い思いをする。

だが、そんな聞き手の困惑にはお構いなしに、結花はワンピースの胸元に当てていた手を、スッとテーブルの上に下ろした。

「けど、クリスマスイブの夜に先生とデートしたいって樹里ちゃんが言い出したところから、話がおかしくなってった」

「おかしくなったって、どんなふうに？」

猛烈に切れ味の悪い質問だが、これでも精いっぱい善戦しているのだと自分自身に言い訳して、ミチルは結花の手元を何げなく見て、ハッとした。

テーブルに置いた結花の両手の指が、ギュッと組み合わされていた。

それでも抑えきれず、両手がブルブル震えているのを見かねて、ミチルはそっと自分の手を重ねる。

絵筆が似合うであろう、肉付きの薄い繊細な結花の手が、ミチルの荒れた手の平の下で細かく震え続ける。

「それで？　思い出したくないかもしれないけど、もしできることなら聞かせてほし……」

ミチルは、穏やかに結花を励まそうとした。だがそのとき、注文を取ったときと同じくらい無愛想な「お待たせしました〜」の声が、二人の頭上から聞こえた。

ミチルと結花は、ハッとして同時に手を離し、背筋を伸ばす。

そんな二人の間に、スタッフは荒っぽく皿を一枚ずつ置いた。

てっきり冷凍食品が出てくると思っていたが、きちんと店で焼いた小振りのホットケーキが二枚、綺麗に積み重ねられており、てっぺんには薄っぺらいバターのひとかけが載っている。

ホットケーキの傍らには、ごく小さなステンレスの容器になみなみとシロップが添えてある。

さらに紅茶が注がれたソーサーつきの真っ白いティーカップを皿の横に置くと、スタッフは値踏みするように二人を見比べ、ミチルの前に伝票を置いて去って行った。

話の腰を見事に折られたが、あるいは動揺していた結花の気持ちを落ちつかせるためにも、まずは腹に何か入れたほうがいいかもしれない。

「せっかく出来たてが来たし、美味しそうだし、まずは食べようか」

ミチルがそう言うと、集中を乱され、気持ちの持っていきようがなくて呆然としていた結花も、ゆるゆると頷いた。

ミチルはバターをナイフできっちり半分に切り分け、二段重ねのホットケーキを一枚ずつ、皿ギリギリに並べた。そして、半分ずつバターを載せ、丹念に塗っていく。

二枚目にバターを塗り始めたとき、結花がフォークとナイフを持ったまま、こちらの手元をじっと見ているのに気づき、ミチルは手を止めた。

「どうかした？」

「樹里ちゃんと、同じことする」

「ん？」

「樹里ちゃんも、そうやってバターきっちり塗ってた」

「結花さんは？」

「挟むだけ」

そう言うなり、結花は二枚のホットケーキの間にバターを押し込んだ。

「こうしたら、上にも下にもバターが滲《し》みる」

大真面目にそんなことを言う結花に、ミチルは思わず噴き出した。

「確かにそうだけど、真ん中だけじゃない、バターが滲みるの」

「ええの」

意外と大雑把な性格らしく、結花はそう言い張った。

「じゃあ、シロップは？」

「シロップは上だけ。下はバターだけで食べる。先生は？」

「んー、切ってからかけて上下どっちにも滲み込むようにするかな」

「……それも、樹里ちゃんと同じ。全然似てへんのに、同じことする」

「そうなの？　不思議ね」

笑いながら、ミチルはバターを塗りおえたホットケーキを放射状に切り、シロップを垂らした。

象牙色のスポンジに、琥珀色《こはくいろ》のシロップがあっという間に滲み込み、マーブル模様に変わっていく。

先日、筧が焼いてくれたものよりややパサッとした、おそらく市販のホットケーキミックスを使って焼いたのであろうホットケーキを頬張り、ミチルは「期待どおり？」と訊いた。

「うん」

小さな一口分だけホットケーキを切って食べて、結花は納得したように小さく頷く。

「あんときも、ホットケーキ一緒に焼いて、二人で食べた」

ぽつりと結花がこぼした言葉に、ミチルはフォークにホットケーキを差したまま動きを止める。

「あのときって……樹里さんが死ぬ前？」

結花は、こっくり頷く。

「ホットケーキと紅茶。今、目の前にあるのと同じメニューね」

ミチルがそう言うと、結花は驚いたように、日本人形を思わせる切れ長の目を見張った。

「そんなことも、わかるん？」

「胃内容を見るから。……あ、いけない。解剖のことは喋っちゃいけなかったんだけど。でもまあ、いいか。ホットケーキと紅茶のオーダーにつられたってことにしておいて」

ミチルはそう言って、敢えてカラリと笑うと、話を戻した。

「それで……樹里さんと『先生』の関係はどうなっていったの？」

結花はもう一口ホットケーキを味わってから、やけに荒っぽくフォークとナイフを皿に戻した。

ガチャンと嫌な音が立ったが、幸い、少し前に流行った韓流《ハンりゅう》アイドルの華やかな歌に紛れて、他の客たちの耳目《じもく》を集めることはなかった。

「十二月の期末試験の真っ最中に、樹里ちゃんが久しぶりに、一緒に勉強しよって言って、放課後、二人だけで教室に残ったんやけど」

「うん？」

「二人になるなり、樹里ちゃんが泣きだして、どないしたんって訊ねたら……」

「先生、独身やなかった」

嗚咽《おえつ》で切れ切れになりながら、いつもと違う涙に濁った声で、樹里はそう言い、わっと机に伏せて泣きじゃくった。

それは、樹里だけでなく、親友の恋を一途に応援してきた結花にとっても、大きすぎる衝撃だった。

結花は思わず辺りを見回し、立っていって、教室の引き戸を開け、廊下やロッカールームに誰もいないことを確かめた。念のため、向かいの校舎から泣いている樹里の姿が見えないよう、カーテンを引いておく。

そうして樹里の傍らに戻った結花は、大きく波打つ樹里の背中を撫でながら、何があったのとオロオロと何度も問いかけた。

やがて、ひとしきり号泣して、少し気持ちが落ちついたのか、樹里は結花の差し出したタオルハンカチを受け取り、鼻水と涙をゴシゴシと拭いた。

そして、まだしゃくり上げながらも、こう打ち明けた。

「クリスマスに一緒にいたいって言ったら、イブも当日も無理って。大学生は冬休みでしょって言ったら、だから余計に無理って言われてん」

「なんで？」

キョトンとする結花には答えず、樹里は長い髪を後ろに払いのけ、話を続ける。

「なんか用事があるんかな、バイトかなって思って、そしたらお正月、初詣《はつもうで》行こうって言ったら、先生、凄く困った顔して……もう会われへんって言われた」

「なんで!? 先生、樹里ちゃんのこと、凄い好きやったん違うん？ だって、あんなこととか、したんでしょ？ 生まれて初めて、ラ、ラブホ、入った、とか」

顔を青くしたり赤くしたりしながら、蚊の鳴くような声でラブホテルの略称を口にした結花に対して、樹里はまた新たな涙の雫を机にポタポタ落とした。

「先生、学生結婚……できちゃった結婚した奥さんがいたんよ。私と付き合い始めたとき、奥さんはもう妊娠中で、そんで、ついこないだ生まれたんやって。女の子」

「そんな……！」

「奥さんがつわりが酷くて実家に帰ってしもて、寂しかったから、つい魔が差したって言われた。けど、生まれた赤ちゃんが可愛くて、お産を頑張った奥さんが愛《いと》おしくて、守らなあかん、傷つけたらあかんて思ったたって言われた。だから……もう私とは会われへん、会《お》うたらあかん、頼むからわかってくれ、できる償いはするから、黙っとってくれって泣いて縋られた」

「そんなん！ 許されへん……そんな勝手なこと、あれへんよ！ 樹里ちゃん、奥さんの代理の使い捨てみたいやんか！」

結花の使い捨てという言葉が、傷ついた樹里の心の弱いところを掻きむしったのだろう。樹里はまた、火が付いたように泣き始める。

「ごめん、樹里ちゃん、ごめん！　けど、そんなんないわ。そんなんないわ！」

結花の目からも、みるみるうちに涙が溢れ、滑らかな頬を流れ落ちる。

ゆかちゃん、たすけて。

縋るようにそう言って、樹里は傍らに立つ結花の胸に顔を埋める。

自分より少しだけ大柄な樹里を両手でしっかり抱き締めて、結花はただ、共に泣く以外に何もできない自分の不甲斐なさを噛みしめていた……。

あの浴室に並んで座った二人の写真……死んだ樹里と、その樹里としっかり手を繋ぎ、カメラをじっと見上げていた結花の姿を思い出すと、教室で抱き合って泣きじゃくる制服姿の二人もまたありありと見える気がして、ミチルは思わず目を閉じた。

敢えてそのまま、彼女は結花に問いかけた。

「それが……樹里さんが死を決意した理由？　身体の関係を持つくらい大好きだった男性が妻子持ちだったら、そりゃ死にたくなるかもしれない。だけど、さっき結花さんは、樹里さんが『大人になりたくなかったから死んだ』って言ったわよね。その二つがどう結びつくのか、私にはわからない」

だが、聞こえた結花の返答は、またブツリと空気を切り取るような無愛想な一言だった。

「違う」

「違うの？　待って、どこがどう違うか教えて？」

ミチルはビックリして目を開ける。結花は、指先で目頭を緩く拭った。当時のことを思い出して涙ぐんだのか、目が少し充血している。

「わたしは滅茶苦茶怒ってたけど、樹里ちゃんは、諦める、諦めて許すって言った。先生のことが好きなんやから、先生のいちばんの幸せを願ってあげんとあかんって。わたしにはそんな気持ち、わからへんかったけど……」

「けど？」

「許さへんって言ったたって、もし先生の奥さんや子供に樹里ちゃんの存在を知らせたって、誰も幸せになれへんでしょう。話が大ごとになって、樹里ちゃんのお父さんお母さんがそんなこと知ったら……樹里ちゃん、余計大変なことになる」

「それは……確かに、そうね」

「逆に樹里ちゃんにそう説得されて、わたしも引き下がった。滅茶苦茶腹が立つし悔しいけど、樹里ちゃんがそう決めたんやったら、支える。そう決めて、また元どおり、樹里ちゃんとずっと一緒にいることにしたん。クリスマスも、お正月も、先生やなくてわたしと一緒にいて、ちょっとずつ元気に、いつもの樹里ちゃんに戻っていった」

「……そう」

「バレンタインも、アホみたいやねって言いながら、手作りの友チョコ交換した。けど、そのときに樹里ちゃんが笑って言うたん。『私、死ぬことにした』って」

「ごめんなさい、やっぱりその流れ、わからないんだけど」

「わたしもわからへんかった。けど、樹里ちゃんが言ったの。『やっぱり忘れられへん。このままやったら私、私も先生のことが好きですって、奥さんに言うてしまう。先生に会いにいってしまう。先生を不幸にしたくないのに、自分で自分が止められへん。……そんな、汚い大人になりたないんよ』って」

ミチルの眉根が、ギュッと寄せられる。

「汚い大人……」

「身体はもう大人になってしもたけど、心だけは、先生のことが好きで好きで、ただ好きやった子供のままでいたいって。自分が苦しいからって、大好きな人と、大好きな人が大切にしてる人たちを不幸にしたいと思うんは、先生と同じ、ずるい、汚い大人やって、樹里ちゃんはそう言ってた。だからわたし、わかったって」

ミチルは狼狽えて、緩くウェーブした茶色い髪を片手で掻き回した。

「だから、自殺の計画を立てた？　スケジュールって、そういうこと？　樹里さんの自殺を手助けしたってこと？」

「そう」

「どうして？　だって幼なじみで、今までずっと親友だったんでしょう？　生きていてほしいって説得しようとは思わなかったの？」

ミチルは至極当たり前な問いを発したつもりだったが、対する結花は少しも躊躇わず即答した。

「だって、また、わたしだけになったから」

「えっ？」

「やっぱりわたし、寂しかったんやわって、そのとき気がついたの。先生に、樹里ちゃんを取られたって、心のどっかで思ってた。それが、また戻ってきたんやもん。樹里ちゃんがもうすぐ自殺するのを知ってるのは、世界でただひとり、わたしだけ。計画を立てるのも、実行するのも、わたしと樹里ちゃんの二人だけ。秘密の全部が、わたしのもの。そう思ったら、ワクワクした」

親友を再び独り占めできる喜びを、結花は静かな、しかし熱の籠もった声で滔々と訴える。ミチルは、再び背筋がゾワゾワするのを感じながら、それでもどうにか冷静であろうとした。

「……つまり、樹里さんと、三ヵ月近くかけて、自殺の『スケジュール』を立てたわけね。死ぬ手段を決めて、樹里さんのご両親が揃って出掛ける日を選んで……あとは」

「ホットケーキと紅茶」

「それ。そのメニューはどうやって決めたの？」

結花は、テーブルの上のホットケーキを眺めて、初めて、ニッコリした。

そんなに無邪気な笑顔をミチルが見たのは、初めてのことだ。

「最後の晩餐……って言うやん。死刑囚だって、死ぬ前には好きなもんを食べさしてもらえるって。だから、樹里ちゃんがいちばん食べたいもんを食べようって相談して、ホットケーキに決めた。材料買ってきて、二人で焼いて、美味しいミルクティー淹れて、乾杯した。それから、樹里ちゃんが死ぬのを手伝ったの」

結花は本当に幸せそうに回想する。ミチルは、とんでもない変死体を目の前にしているような顰めっ面になって、すっかり冷めてしまった紅茶を一口飲んだ。恐ろしく薄くて味のない紅茶だ。たぶん、安物のティーバッグでぞんざいに淹れたのだろう。

カップを静かにソーサーに戻し、ミチルは小さく咳払いしてから結花に告げた。

「ちょっと待った。『先生』にまつわることは、約束どおり誰にも言わない。だけど、樹里さんの死に直接関わることは、知った以上黙っていることは職業柄できないの。話を進める前に、それは先に言っておくね」

「どういうこと？」

よくわからないと言うように、結花は小首を傾げる。

「今、結花さんは、樹里さんの自殺を手助けしたって認めた。それはこの国では、自殺幇助罪って罪に問われることなの。だから、よく考えて話して」

ミチルの警告を、結花は乱暴に遮って言い放った。

「知ってる。わたしがその罪に問われるのも、スケジュールのうち」

「は⁉　どういうこと？」

思わず声を跳ね上げたミチルに対して、結花は冷静そのものの口調で答える。

「だって、わたしと樹里ちゃんはずっと一緒に生きてきたんやもん。樹里ちゃんが死んだ後も、繋がってたい。事件の記録に、樹里ちゃんとわたしの名前がずっと一緒に残るの、凄くええやんって、二人で相談した。だから、ええの」

「……そう」

シンプルすぎる相づちを打つのが、ミチルの精いっぱいだった。

十代の下らない感傷と情熱などという言葉で片付けるにはあまりにも純粋すぎる少女たちの思いが、真っ直ぐにミチルの胸に刺さったのだ。

結花の語りに引き込まれないよう、感情を持っていかれないよう、ミチルは深呼吸して、冷静に話そうとした。

「そこから先は、私が推理してもいい？　間違ってたら教えてほしいけど」

結花はどうぞというように、片手をすっと動かす。

ミチルは美味しくない水で唇を潤してから、探偵よろしく推理を語り始めた。

「最後の晩餐にホットケーキと紅茶を楽しんだそのとき、樹里さんは眠剤を飲んだ。お母さんが昔使っていたものをくすねたでしょう？　それからあなたたちはバスルームに移動して、バスタブに水を張った。もしかしたら、温《ぬる》いお湯だったかも」

「水」

「訂正ありがとう。そしてバスルームの床に二人で並んで座って、楽しくお喋りしながら、樹里さんが眠るのを待った。その後、痛くないよう、苦しませないよう、樹里さんは眠ったままで、あなたが水の中で樹里さんの手首を切る……計画だったけど、そうはならなかったでしょう」

それまでずっと話の主導権を握っていた結花は、初めて鼻白《はなじろ》んだ。

「なんで？」

「私は、死体のプロだから」

ミチルはようやく、話が自分の守備範囲に差し掛かったことに安堵しつつ、いつもの彼女らしい明快な口調で言った。

「樹里さんの飲んだ眠剤は、即効性がないの。しかも、喉に引っかかってた。だから、いつまで待っても眠くなるはずがない。だけど、樹里さんの手首を切ったのは、あなたね？　何故なら……あ、駄目なのか。ええいもう、ここは解剖の話を少しはしなきゃ、フェアじゃないわ。たくさん話を聞いてしまったもの。バランスが悪い！」

わかるようなわからないような弁解をして、ミチルは頭をブンブン振ってから、思いきった様子で言った。

「樹里さんの右手首の傷は、とても深くて、何度か押し引きした形跡はあったけど、一本だけの見事なものだった。あんなに思い切りのいい切り方を自分自身でするのは、とても難しい。だから……」

結花は、深く頷いた。

「樹里ちゃんに頼まれたの。『お願い、やって。でないと死ぬ前に、パパとママが帰ってきちゃう』って言われても、最初はできなかった。絶対痛いもん。血もいっぱい出るって聞いてたし。物凄く深く切らなきゃ死ねないって、ネットで調べたから」

ミチルは自分の手首を切る仕草をして、頷いた。

「そりゃ怖いでしょうね。私だって怖いわ。生きてる人の身体に切りつけるだけでも怖いのに、それが命を奪うとなれば、もっと怖い。いったい、どうやって克服したの？」

すると結花は、口角を少し上げた。とても大人びた笑い方だ。

「先生が死体のプロなように、わたしは美術部やから」

「えっ？」

「美術部やから、バッチリ決めてよ。私、綺麗な死体になりたいんやから、手首の傷も美しくないと嫌やって樹里ちゃんに言われたから、頑張れた。血が飛び散らんように、水の中に樹里ちゃんの手首を浸けて、思いっきり力を込めて、カッターで……。

手首が動かへんように、樹里ちゃんが腕まくりして、自分の腕をしっかり押さえてくれてた。だからあれは、いっせーのせ、で、二人で切ったの。樹里ちゃんは目をつぶってたけど」

「そんなところまで、共同作業だったのね」

「思ったより痛くないって樹里ちゃんが笑って、ホンマに？　ってわたしも笑って、これまで秘密の企み楽しかったね、計画も大成功やねって二人で言い合って、そんで……樹里ちゃんがしばらく黙ったなって思ったら、身体からすうっと力が抜けて……あとは黙って、息が止まるまで、聞いてた。樹里ちゃん、綺麗やなあって思って、見てた」

夢見るようなふんわりした口調とうっとりした表情で語る結花を、ミチルはかける言葉を見つけることができないまま、見つめ続けていた。

かつて、苦しみに耐えかねて自殺の道を選ぼうとした人間を、制止したいと願ったミチルである。

生きていれば、浮かぶ瀬もある。

今も、そんな言葉を信じたいと思っている。

しかし、自分を捨てた恋人の幸せを守るため、彼を純粋に好きな「子供の心」を持ったまま世を去りたいと願った少女の安らかな死に顔を思い出し、また、そんな親友と二人だけの秘密を守り通し、親友を死に導いたことを打ち明けるもうひとりの少女の幸せそうな笑顔を目の当たりにして、ミチルは何も言えなくなっていた。

精神科医や心理学者なら、そうした二人の心理を分析し、何らかの病名を贈ることができるのだろう。

だが、法医学者のミチルには、自信を持ってそうできるだけの知識も経験もない。心の問題は、門外漢が軽率に手をつけてはならない分野だと肝に銘じてもいる。

それでも、何一つ、結花に掛ける言葉が見つからない自分が、ミチルはとても悔しかった。

うんと考えた末、彼女が言えたのは、これだけだった。

「まさか、後追い自殺なんて考えてないでしょうね？」

いつものミチルらしからぬ、怖々した問いかけだった。

勿論そのつもりだと言われたら、結花がどう言おうと、すぐにカウンセリングを受けさせるよう、保護者に進言しよう。そんな決意を秘めた問いだった。

しかし結花は、驚くほどあっけらかんと「そんなこと、考えてへん」と即答した。

「本当に？」

「うん」

「どうして？　その……自殺してって言ってるわけじゃないわよ？　だけど、親友が死んだ後、自分も生きていたくないとか、そんな風には思わないの？」

「ちっとも」

結花はかぶりを振って、肩から斜め掛けにしている小さなポシェットを開けた。取り出したのは、小さなメモ帳である。

結花は大切な宝物を披露するような顔つきで、メモ帳を開いてみせた。中には、小さな字でびっしりと何か書き付けられている。

ミチルは顔を近づけて、文面を読み取ろうとした。

「パリに語学留学、素敵なカフェでバイト、乗馬、天然酵母のパン作りの教室に通う、フリマで要らない服を売る、大学生活を楽しむ、素敵な映画を百本観る……まだまだあるわね。これは何？」

「樹里ちゃんがしたかったこと、全部リストアップしたの。これは、樹里ちゃんの代わりに、わたしが全部経験する約束。だから、死なへん」

「……樹里さんの人生も、あなたが生きるつもりなの？」

結花はにっこりして頷いた。

「うん。いつかわたしが死んで、空の上で樹里ちゃんに会えたら、いっぱい報告することがあるように」

「……そう、か」

目の前の少女が苦しんでいるなら、何とかして手を差し伸べてやろうとしただろう。だが結花は、そのミステリアスな笑顔で、ミチルの手をやんわりと、しかしきっぱり拒んでいる。

二人の間を本当に隔てているのはテーブルではなく、目には見えない心の壁だ。

だが、途方に暮れるミチルに、結花はそっと右手を差し伸べた。

「……何？」

訝るミチルに、結花はやはり美しい笑みを浮かべて言った。

「スケジュール。樹里ちゃんが死んだ後、解剖した先生がいい人やったら、樹里ちゃんの死体が悪くならへんうちにお弔《とむら》いができるように、ちゃんと打ち明けようって相談してたの。ただ、先生がどんな人かは、わたしたちにはわからへんことやったやん？　ラッキーやった。先生でよかった」

「………」

「樹里ちゃんの死体を綺麗やって言ってくれて、綺麗に仕上げてくれて、ありがとう。オフィーリアみたいって褒《ほ》めてくれて、ありがとう。これで、睡眠薬が効かへんかったこと以外、全部、成功」

うれしい、と呟いて、結花はさらにミチルに近いところに右手を突き出す。

「……何て言えばいいのか、正直わからないんだけど。でも、あなたがその選択を悔いる日が来ないように、この先の人生が楽しいものであるように祈ってる」

どうにかそれだけ言って、ミチルは結花と握手した。

柔らかな手をしっかり握り締めて、どうかこの子の人生に幸多かれと、そんな祈りを繰り返すしか、ミチルにできることはなかった……。

＊　＊

ミチルがS署に戻り、「大人たち」と、彼らにとってはミチル以上に理解し難い話を……勿論、結花との約束を破らない範囲でしているその頃、伊月はO医大の解剖室にいた。

再びミイラを運んできたT警察署の中村警部補と筧も一緒である。

解剖台の上には、例の憎形……だったミイラが、今は素っ裸の状態で座禅を組んでいる。

「ちょ、筧、もうちょっとしっかりホールドしといてくれよ」

ピンセットを手にした伊月の悲鳴に似た訴えに、ミイラの腰の辺りを軍手を嵌めた大きな両手で抱えた筧は、困り顔で言い返す。

「これ以上力入れたら、ミイラが崩れそうで」

「あ、そりゃヤバイ。とはいえ、グラグラするんだよな」

「そら、僕が持ってるだけやから……あ、ですから」

職場では、幼なじみではなく、刑事と医師の関係である。うっかりいつもどおりの会話をしそうになり、慌てて言い直した筧を、中村はニヤニヤしてからかう。

「おい、筧。お前、いつもは伊月先生にそない偉そうに喋っとんのか」

「すんません！」

筧は面長の顔を赤くして謝る。その拍子にミイラの身体がガタンと動いて、伊月は再び尖った声を上げた。

「ちゃんと持ってろって！」

「ごめ……すんません！」

ミイラの口腔内にあると考えられる「異物」を取り出すため、ミイラの顔面を小規模に切開する許可を所轄署と村松咲月から取り付けたものの、せっかく見事にミイラになったのに、自分が明らかに目に見える傷を付けることは、やはり躊躇われる。

そこで伊月は、俯いたミイラの全身をやや仰向けの状態に傾けてもらい、自分も踏み台に乗って、上からアプローチしようとしているのだ。

片手にピンセット、片手にペンライトを持って、ミイラの干涸らびた唇の隙間から口腔内を照らしつつ、伊月は悔しそうに唸った。

「くっそ、確実に何かあると思うんだけど、ピンセットが入らねえ。もうちょっと、口をでっかく開けて固まっといてくれたらよかったんだけどな」

「アカンか……ですか」

心配そうに筧が見上げてくるのに、伊月は渋い顔で頷いた。

「こういう異物ってさ、入れるのは押し込めばどうにかなっても、中で広がって入り口に引っかかったりするから、出すのは難しいんだよなあ。くそ、唇の横を切れば簡単だと思うけど、糸鋸《いとのこ》でガリガリやるしかないと思うから、確実にミイラの人相が変わっちまうだろ。それはちょっとなあ。申し訳ないし」

伊月はミイラから手を離し、困り顔で腕組みした。どうやらこの隙にひと休みできそうだと、筧もミイラを解剖台に座らせる。

そこにノックもなしにガチャリと扉を開けて入ってきたのは、スーツ姿の都筑だった。他大学での講義を終え、その足でここにやってきたらしい。

「お疲れさん。電話で話を聞いて、もしかしたら役に立つと思うて借りてきたで！」

中村と筧の挨拶に笑顔で応えつつ、都筑はそう言って手に持った何かを振り回してみせた。

伊月は、怪訝そうに都筑に近づく。

「何すか？　あ、すげえ」

都筑から手渡されたものを見て、伊月は目を輝かせた。

それは、全長二十センチ強のやや大型のルーツェピンセットだった。

解剖室にある他のピンセットと違い、持ち手のすぐ先が折れまがっていて、摑む対象物が自分の手で隠れない構造になっている。

しかも、先がシュッと細いので、狭い空間でも作業ができる優れものだ。

これなら、薄く開いた唇の隙間からでも、どうにか口腔内にアプローチできるだろう。

「これ、どこで？」

「耳鼻科で借りてきた。昔、鼓膜の上にゴミが落ちたとき、こんなピンセットで摘まみ取ってくれはったなーと思い出してな。外耳道《がいじどう》でゴミが拾えるくらいやから、口の中でも役に立つやろう。どや？」

「いける気がしてきました！」

伊月は大張り切りで、再び踏み台に乗った。筧も、ミイラの背中に片手を添え、ミイラの身体をもう一度倒してやる。

伊月はピンセットを構え、細い先端をミイラの唇の間に慎重に差し入れた。

「あっ、いけた！　すげえ、これ優秀。細いから、中でちょっと開ける。異物っぽい奴を挟めますよ」

「ええなあ。まだ老眼来てへんかったら、よう見えるんやなあ」

「ホンマですよね。僕なんか、飯食おうとしたら、茶碗の中の飯粒が見えませんわ。真っ白の雪原みたいなもんでっせ」

「あーわかるわかる。切ないわな、あれ」

そんな加齢の切なさを語り合う互いの上司たちをよそに、伊月と筧は協力しあって、ミイラのカチカチに乾燥した口の中から、少しずつ慎重に「異物」を引っ張り出した。

残念ながら、その過程で、ミイラの口腔内や唇の組織、それに表面におそらく何度も塗布した柿渋とおぼしき物体がバラバラと小片になって解剖台に落ちたが、それはやむを得ないこととして、個人識別が必要になったとき用にきちんと集めて保存しておく。

「よーし。筧、もういいぞ」

取り出した「異物」を、ひとまず写真撮影用の台に置き、伊月は筧に声を掛けた。

とうとう台の上に上り、前衛芸術のような不自然な姿勢で、全身を使ってミイラを保持していた筧は、そろりとミイラを元の状態に戻し、すぐにカメラを取りに走った。

都筑も、普段は清田技師長が愛用する一眼レフを手に、まずは「異物」の外観を撮影する。

それは、赤茶けたシート状の物体で作られた、ごく小さな包みだった。口腔内に収まる程度なので、だいたい四センチ四方くらいだろうか。

「何だこれ?」

筧と都筑が写真を撮る背後から「異物」を覗き込み、伊月は首を捻る。

そんな伊月の横に来た中村は、オールバックに撫でつけた髪から整髪料の匂いを派手に立ち上らせながら、薄いラテックスの手袋を嵌めた。

「お若い先生はもう見たことないんですかね、こういうん」

「え？　これ、今もあるもんですか？」

驚く伊月に対して、中村は常識でも語るような口調で答えた。

「色が茶色う変色してますけど、油紙ですわ。紙に油を染ましてあって、水を弾きよるんです」

「へえ……。あっ、そういえば大昔、小学校の体育の時間に転んで膝を擦り剝いたとき、保健の先生がガーゼの上からこんなの当ててくれたっけな」

「そらまたノスタルジックな処置やな〜。まあそれはともかくや。写真も撮ったことやし、開けてみよか。指先がよう見える若人、頼むで」

「まだ老眼ネタ引きずってるんですか」

一歩下がってワクワクした顔で待ち構える都筑に軽く呆れつつ、伊月はラテックスの薄い手袋の裾を引っ張り、手袋と指先がしっかり密着するようにしてから、包みに触れた。

注意深く、油紙をできるだけ損なわないようにゆっくり開いていく。

一端を開いてはスケールを置いて写真を撮り、また開いては写真を撮り、というまだるっこしい段階を踏みながらも、伊月はついに油紙の包みを取り去った。

内部に収められていたのは、折り畳んだごく薄い便箋《びんせん》だった。

そこに、ブルーブラックのインクで何か文章が書き付けてある。インクは褪色《たいしょく》してはいるが、まだ十分に読めるレベルだ。

罫線《けいせん》に沿ってびっしり文字を書き連ねた便箋は、五枚も重なっている。

だが、白い撮影台の上でその紙を開き、一枚ずつ綺麗に並べた伊月は、形のいい薄い唇を盛大にひん曲げた。

「水は防げても、ちっこい虫はオールスルーだったんだな」

「そら、人体の組織を齧《かじ》るついでに、紙も齧っていったかもしれへんな。シミとか何とかが」

都筑もちょっとガッカリした様子で、ただでさえ貧弱な撫で肩をさらに落とす。

紙片はどれもあちこちに虫食いがあり、それと決して達筆とはいえない癖の強い筆跡が相まって、どうにも文字が読みづらい状態になってしまっている。

「こらあ、解読に骨が折れますなあ。せっかく取り出せたのに」

中村警部補のぼやきに、居あわせた三人は同時に「あ～」と落胆の声で同調する。

そこへうっかり入ってきて、異様なリアクションにギョッとして立ち尽くしたのは、臨床技師の森陽一郎である。

教室でいちばんの若手である陽一郎は、女きょうだいに囲まれて育っただけあって、どことなく中性的な雰囲気を漂わせる華奢で小柄な男性である。

「すみません、邪魔しちゃいましたか？　手が空いたので、撮影か書記をお手伝いしようと思って来たんですけど。今日は清田さんがいないし」

怖じ気づいたように戸口で早口に問いかける陽一郎を、都筑は笑って手招きした。

「別に、君にブーイングしたわけやない。伊月先生が苦労して『摘出』した紙切れにせっかく文字が書かれてるのに、虫食いと悪筆で読みにくいなあて言うてたんや」

「へえ」

ようやく安心した様子で、軽い足取りで台に歩み寄った陽一郎は、むしろ呆気にとられたような顔で一同の顔をぐるりと見た。

「これを、読めばいいだけですか？」

その思いがけない反応に、伊月は「ほぇ？」と間の抜けた声を出した。

「森君、それ読めるのかよ？　マジで？　確かにミチルさんの走り書きよりはマシかもしれねえけど、筆跡に癖がありすぎるし、虫食ってるし、なんかところどころインクが滲んじゃってるし、どうにも読めなくね？」

他の三人も、伊月に口々に同意する。だが陽一郎は、あっけらかんとした調子で

「読めますよ」と繰り返した。

「言ったことなかったでしたっけ。僕の祖父が、古文書解読が趣味なんです」

都筑は小さな目をパチパチさせて、改めて陽一郎のスッキリした顔を見る。

「君のお祖父さん、渋い趣味やなあ。ほな、君も古文書が趣味かいな」

陽一郎は、笑って「いえいえ」と片手を振った。

「僕は、目が悪くなってなかなか古文書が読めない祖父の手伝いを時々するだけです。コツを教えてもらって、できる範囲で読み上げて、わかんない字は、祖父の手の平に指で書いて、教えてもらう感じで」

筧は感心して大きく頭を上下に振る。

「ほな、その手紙か何かわからんやつ、読めるんですか?」

「ちょっと失礼」

便箋の前に来て、上半身を屈めてしげしげと一枚ずつ見ていた陽一郎は、背中を伸ばして都筑を見た。

「このくらいなら、何とかなりそうです。祖父が渡してくる戦国時代の書物なんて、もっと大変なので。わかりやすい言葉に置き換えながら読みましょうか。あとでまた、僕がちゃんと文面を書き付けておきますから」

「よろしゅう頼むわ。意外な才能やな〜！　僕の職場は、才能の墓場やなホンマに」

突然の救世主に大喜びする都筑を、伊月と筧は二人して微妙な面持ちで見やる。

「才能を葬《ほうむ》ってどうすんだよ……」

不満を呟きながらも、伊月は嬉しそうに陽一郎の解読を待つ。

陽一郎は、白衣の胸ポケットから手帳とボールペンを抜き出し、うーんと小さな声を出しつつ、便箋を一枚ずつ丁寧に読んでいった。

時折、サラサラとボールペンで手帳にメモを取る。四人は陽一郎の邪魔をしないよう、静かに待った。

十分ほどかかっただろうか、陽一郎は真剣そのものだった顔をほころばせ、「ざっくりですけど、意味がわかる程度には読めました。どうしても虫食いで読めないところは割愛《かつあい》しましたが」と言った。

「はよ教えてえな。何が書いてあるんや？」

都筑は癖である揉み手をしながら、陽一郎に催促をする。

「それが、ですねえ」

陽一郎は、チラとミイラの背中を見てから、手帳に視線を戻した。

「村松孝三《こうぞう》という方が……」

「あ、ちょー待ってください。一応、村松さんとこの昭和大正あたりの家系図は調べてあるんでね。村松孝三……ああ、これや」

自分のバインダーを開いて、中村警部補は張りのある声を上げた。

「ミイラの第一発見者が、伊月先生や筧と同級生の村松咲月さん、その祖父で、死去するまで村松家の当主やったんが徳蔵さん。その父親、つまり先代当主の弟のひとりが村松孝三さんですな。このミイラが孝三さんなんかいな？」

問われて、順序立てて話がしたかった陽一郎は少しムッとした顔をしたが、それでも柔和な性格なので、怒り出したりはせず、中村の言葉を肯定した。

「そのようです。その村松孝三氏が、昭和十八年、徴兵で人手不足となって閉鎖されたS脳病院より内密に戻される、と書いてあります。第二次世界大戦中のことですね。脳病院て、昔の精神科病棟みたいなものですか？」

都筑はうんうんと頷く。

「何ぞ心の病を抱えた人やったんやろな、その孝三さんは。内密にっちゅうからには、人さんには隠しとったんやろ。昔は、その手の病を家の恥やと思う向きもあったようやからな。ほんで？」

陽一郎は、ミイラをチラチラ見ながら話を続けた。

「ええと、その孝三さんが、家に連れて帰ると昼夜を問わず騒ぎ、物を壊すので、屋敷の地下に座敷牢を造ってそこに閉じこめた、と」

「座敷牢！」

伊月と筧の声が見事に重なる。伊月は、呆れ顔でミイラを振り返った。

「マジかよ。座敷牢って、ドラマの中だけの設定じゃないのか。コワ。で？」

「あまりに錯乱が酷く、まるで獣のように吠《ほ》え、暴れるので、家の者は怖がって誰も近づかず、格子の外から握り飯や水を入れた筒を投げ入れるだけになったそうです。そして……狂乱が静まったと思ったら、飲み食いをまったくしなくなって、地下室の土がむき出しの壁に向かって、一日じゅう、時には眠りもせず念仏を唱え、ガリガリに痩せ衰えて死んでしまったと書いてあります」

都筑は、陽一郎の顔とミイラを交互に見て、ポンと手を叩いた。

「飲食を拒んで、涼しい地下室で念仏を唱え……って言うたら」

伊月が、その先をさっと口にする。

「即身仏のプロセスに似てますね」

「せやな。ほんで、森君？」

どんどん先を促され、陽一郎はアワアワしながらも、手帳をめくる。

「ええと、そもそも存在が隠されてた人ですし、戦況激化で、村松家が大阪で経営していた料亭の維持も大変だし、お弔いを出している場合ではないと、当時の当主、つまり孝三さんのお父さんが判断したようです。……その、この便箋に書いてある表現をそのまま使えば、『座敷牢もろともしばし忘れ』ってことになるんですかね。そして、家の者が怖々覗きに言ったら、自然と骨になると思っていた孝三さんのご遺体が、ミイラになっていて腰を抜かしたと」

篁は、面長の顔をくしゅっとさせて、気の毒そうにミイラを見やった。

「わざとミイラになったんやのうて、ご遺体をほっとかれて、たまさかミイラになったわけですか」

中村も「はああ」と感心したような声を上げつつも、疑問を呈する。

「せやけど、ほんならそんな隠したい存在の人のミイラなんぞ、バキボキっと折って埋めてしもたらよかったん違いますかね。なんで防腐剤を塗って、坊さんの着物なんか着せよったんやろ。しかも、けっこうええ生地でしたよね、あれ」

「それがたぶん、最後の紙に書いてあることとです」

「へえ、どないなことで？」

「当主が、これまで家に何一つ尽くさなかった不肖の息子に、一度くらい役に立ってもらおうと、ミイラに柿渋を塗らせ、即身仏風に装わせて、料亭の客寄せに使ったと書かれてます」

「酷《ひで》ェ」

伊月は横を向いて吐き捨て、都筑はまあまあと見知らぬ料亭の主を擁護するように言葉を添えた。

「戦局がどんどん悪化して、料亭らしい食べ物も出されへん、板前は戦争へ取られる、客も贅沢する余裕はあれへん。料亭の経営は大変やったと思うで。それこそ、立ってる者は親でも使う、干涸らびた死体は子でも使うっちゅう心境やったん違うか」

「嫌な心境だなあ。大変だっつっても、実の子の死体を客寄せパンダに使うとか……つまり、お客さんを楽しませる見世物《みせもの》でしょ？　座敷で飯食ったら見せてやる的な」

「そういうことやろ。……誰もが、生きることに必死の時代やったんやろな。人の心を捨てんと、やっていかれへんこともあったんやろ」

「……ですかねえ」

伊月はどうにも割りきれない様子で、スニーカーのつま先で軽く床を蹴る。陽一郎は、手帳をパタンと閉じて、こう締め括った。

「昭和二十年の大阪大空襲で料亭が焼失したとき、何故かこのミイラは焼け残って、ぽつんと大広間があったあたりに座っていたそうで。それを見て恐れをなした当主が、家に持ち帰り、蔵に祀《まつ》ることにした。子孫のため、密かに記録を残す。いつか、家名に傷を付けることなく、亡骸《なきがら》を荼毘《だび》に付すことができる日が訪れるよう祈念する……やっぱりこの人が村松孝三さんなんですね。記録を書いたのは、村松徳一《とくいち》さん」

「村松徳一、ああ、孝三さんの上の兄さん、つまりアレですわ、こないだ亡くなった村松徳蔵さんのお父さんですな。咲月さんにとっては、曾祖父《ひいおじい》さんですか」

「あ」

伊月はパチンと指を鳴らした。

「村松の祖父さん、子供の頃に、蔵で父親にこのミイラを見せられたって話だったよな。で、『いっぺん見たら、可哀想でよう忘れん』って言ってたって」

筧も、自分たちが荷物を置いている木製の古いベンチに駆け寄り、バッグの中からビニール袋を取りだした。

中に入っているのは、戦時中の新聞の切れ端……ミイラの身体に張り付いていたものである。

それを持ち上げ、皆に示して、筧は言った。

「このミイラが入っとった木箱、お札で厳重に封をしてありました。ミイラを木箱に納めてお札を貼るとき、村松さんのお祖父さんは、そのお父さんから、ミイラを見せられて、詳しい事情もコミで聞いたんかもしれへんですね。せやからこそ、死ぬまでお祀りし続けたん違うかな……。言うたら、自分の叔父さんですからね」

「先祖が遺した業、かあ。酷い話ではあるけど、でも、その記録を残したのは、このミイラの兄さんにあたる人なわけだろ。やっぱ、当主である親父さんに気を使って、大っぴらに事情を書いた紙を添えるわけにもいかず、小さく畳んで油紙に包んで、いちばん見つかりにくいミイラの口ん中に押し込んだってわけか」

伊月はそう呟きながら、ミイラの正面に立った。

ミイラの下肢の一部は白骨化しており、針金で骨を繋ぎ、座禅の形に整えてある。

その所見が持つ意味合いが、たった今、それまでとまったく変わってしまった。

本来、このミイラは、そこまできちんと座禅を組んで死んでいたわけではないのだろう。

料亭で見世物にするために、即身仏らしく見せるために、足元だけはミイラ化した組織を崩して骨を針金で繋ぎ、それらしく仕立てたに違いない。

これは行者の即身仏などではなく、心の病に苦しみ、救いを得ることなく死んでいった哀れな男のミイラだったのだ。

そう考えると、固く乾ききったミイラの顔が、死んでまで不自然な姿勢を取らされ、木箱に押し込められていたことに憤っているように見えてくるから不思議なものだ。

「これ……どうしたってネグレクトで虐待案件ですけど、時代が時代ですし、そもそも時効っすよね」

中村は、バインダーで自分を扇ぎながら、肯定の返事の代わりにガッチリした肩をそびやかす。

「ってことは、祖父さんがうっかり遺していっちまったこのミイラをどうするかは、村松の判断次第だなあ。……大変だな、あいつも」

「ほんまに」

伊月の言葉にうっかりカジュアルな相づちを打ち、筧はミイラの前に立った。

両手を合わせ、目を閉じる。

「気の毒なことでしたけど、子孫の村松さん、僕らの友達に祟《たた》らんでくれて、ありがとうございました。この後のことは、僕らも手伝いますし、いちばんええ方法を村松さんがきっと見つけると思います。友達のご先祖に、無作法に触ってしもてすいませんでした」

野太い声で低くそう言って、筧は合掌したまま深々と頭を下げる。

村松家の蔵で、筧と共に木箱を開けた伊月も、飛んでいって、筧の隣でミイラを拝む。

「以下同文、あと、最初、ジャーキー呼ばわりしてすいませんでしたッ」

「……ジャーキーて君、ナンボなんでも見たまんまやないか」

ミイラに向かって謝る伊月を呆れた様子で見やりつつも、都筑は筧がベンチの上に置いた、戦時中の新聞の欠片を見ながら呟いた。

「僕は戦争を知らん世代やけど、やっぱり戦争っちゅうんは、まともなはずの人の心を狂わせるんやな。みんながそうなってしもたら、自分らが狂うてることにも、さっぱり気づけんわなあ……」

締めの飯食う人々

「ほい、乾杯。お疲れさんでした！」

伊月が掲《かか》げたグラスに、筧とミチル、それに村松咲月がそれぞれのグラスを軽く当てる。

「お疲れ様でした！」

唱和と共に澄んだ音をいくつか響かせてから、四人はそれぞれの飲み物を一口飲んで、はあ、と満足げな息を吐いた。

ミイラの正体がわかってから、二週間余り経った土曜日。

警察から返却された村松孝三氏のミイラは、元いた蔵ではなく、村松家の母屋《おもや》に運び込まれた。

近々、人手に渡る屋敷ではあるが、ともかく一度は本来いるべきだった場所にいさせてあげたい。

そんな咲月の願いにより、ミイラは咲月の祖父が使っていた部屋にしばらく安置された。

咲月の祖父は、ミイラをどこかの寺に託せ、つまり無縁仏として処理しろと言い遺したが、咲月はそれもきっぱり却下した。

いくら精神疾患で不幸な死を遂げたとはいえ、祖父の叔父にあたる人物である。

これまでの祖先たちの非礼を詫びるためにも、きちんと村松家の墓所に葬りたいと彼女は願った。

そこで四人の予定が合った今日、村松孝三氏の遺骨を、咲月の祖父が入る予定の一族の墓に、ひと足先に納めたのである。

「ホントに、このたびはお世話になりました」

咲月はグラスを置き、三人にペコリと頭を下げた。ミチルは笑って片手を振る。

「私は乗りかかった船でついていっただけだから。でも、ことが発覚したおかげで、警察の口添えもあって、火葬許可があっさり出てよかったわね」

咲月はしみじみと頷く。

「ホンマに。市役所に行って『うちにミイラがあるんですけど、どうしたらええでしょうか』って訊かんとあかんようになるところでした。皆さんがいてくれはったおかげで、こんなにスムーズにお弔いができてよかった。これで私も、この家を手放して身軽になれます」

そう言って、咲月は少し寂しそうに、しかし晴れやかな笑顔で、広い座敷を見回した。

その視線の終着点は、やはり今朝までミイラが座していた床《とこ》の間《ま》だ。

そう、今四人は、咲月の祖父が使っていた座敷で、ささやかな「納骨後の食事会」を催しているのである。

伊月とミチルが寿司屋に予約しておいた桶盛りのにぎり寿司を取りに行き、飲み物を買ってくる間に、咲月と筧が村松家のクラシックな台所で簡単な吸い物や、酒のつまみになるような炒め物を作っており、午後二時過ぎという中途半端な時間ではあるが、楽しい宴がスタートしたというわけだ。

「それにしても、どこに何が潜んでるかわかんないわね。まあ、立派な蔵がある家がまず最近は少ないけど、まさかそこにミイラが眠ってるなんて」

ミチルは開け放った障子の向こうにある蔵の漆喰壁を眺めてしみじみとそう言った。

「ほんまです。まさか、祖父の叔父さんやとは思いませんでしたけど、わかってよかった。けど、なんで祖父は、自分の代でちゃんとお弔いしてあげようとせんかったんかしら」

咲月は寿司桶に被せたラップフィルムを外しながら、不思議そうにそう言った。

伊月は旨そうにチューハイを飲み、軽い調子で言った。

「そりゃ、ガキの頃にびびらされてっからさ。大人になっても怖くて開けられなかったんじゃね？」

「そうやろな」

篁も、伊月に同調する。

「僕かて、あんな風に箱をお札で封印されてたら、絶対よう開けんと思うわ」

「でも、実際は開けたんでしょ、二人して」

昔ながらの魚型の醬油入れから醬油を小皿に注ぎつつ、ミチルが混ぜっ返す。

篁は決まり悪そうに、短く刈り込んだ硬い髪を片手で撫でつけた。

「それは、その……蔵をはよ片付けなアカンと思うてたんと、仏像が入ってるんやろと思うてたからですよ。ミイラが入ってるて知っとったら、絶対よう開けませんて」

「そういうものかしら」

「ミチルさんはデリカシーねえから。普通は、封印を解いたら呪われるんじゃないかとか、思うもんっすよ」

「そうかなあ。だけど、今回なんて、開けたからこそ身元がわかって、遅まきながら納骨までこぎ着けたわけでさ。開けてよかったたし、ご本人もまあ、遅すぎたって言われたらそれまでだけど、ほどほど喜んでるんじゃない？」

ミチルの言葉に、シックなワンピースにエプロンをつけたままの咲月は、「そうやとええんですけど」と空を仰いだ。

「この家はなくなってしまうし、財産も祖父の遺言どおり処分して寄付してしまいますし、村松の家も、私が継ぐにしても継がんにしても、当主やなんやっていう大層な家ではなくなります。甲斐性のない子孫やと思われてるかもしれへんですけど、まあそこは我慢してもらうことにして」

カラリと笑うと、咲月は立ち上がった。

「すいません、ちょっと席を外しますけど、ゆっくり食べててくださいね」

「あれ、どうかしたの？」

ミチルに問われて、咲月はエプロンを外しながら答えた。

「町内会の会長さんが、今からちょっと来はるんですって。私がこっちに来てるときに、祖父の遺言の寄付のことで相談せんとあかんので。……すいません」

「俺たち、ここにいてもいいの？」

「大丈夫、会長さんには、客間のほうに通ってもらうから。ここは誰も来《こ》おへんし、気を使わんとくつろいでてね」

伊月にそう言い置いて、咲月は忙しそうに部屋を出ていった。

「神戸で働いて、休みのたびにこっちに来て財産の整理じゃ、なかなか大変ね」

ミチルが寿司をつまみながら同情すると、筧もしっかりした眉尻を下げた。

「力仕事やったら手伝ったれるんですけど、書類やら数字やらは、僕はちょっと」

「俺もイマイチ。俺は力仕事もイマイチだけど」

「じゃあ、伊月君は何の役に立つのよ」

笑いながらツッコミを入れたミチルは、正座に力尽きたのか、パンツスーツを着ているのをいいことに、畳の上でどっかり胡座をかいた。

伊月はお返しとばかりに、即座に突っ込む。

「オッサンか！」

ミチルは膨れっ面で言い返した。

「だって、足が痺れるじゃない。男だけ胡座が許される世の中、はんたーい」

「まあ、それもそうですけど。俺も胡座だし。……あ、これ旨い。何焼き？　スライム焼き?」

卵焼きのようなオムレツのような、ちょっと不思議な形の筧の手料理をつつき、伊月は不思議そうに訊ねる。

筧はあからさまに恥じらって、顔を赤くした。

「違うねん」

「何が」

「フライパンがな、使い慣れん鉄のちゃんとした奴やって、どうも上手いこと使われへんで、オムレツのつもりがなんやようわからん形になってもた」

「弘法《こうぼう》筆を選ばずじゃないんだ?」

ミチルにまでからかわれて、筧はますます恥ずかしそうに、大きな身体を縮こめる。

「まだまだ名人にはほど遠いもんで。……でも、味はまあ、何とかなったん違うかと思うんですけど。葱《ねぎ》としらすと、あと刻みまくったワカメと、明太子がちょっと入ってます」

「わあ、意外と贅沢。道理でホントに美味しいわけだわ」

箸でちぎったオムレツを頬張り、ミチルは再び蔵に視線を向けた。

「それにしても、私もミイラのあれこれを調べたかったなあ。こっちが女子高生とサシで話して疲労困憊《ひろうこんぱい》してる間に、ミイラの口から書き付けが出てくるなんて、ずるいわよ」

そんなミチルのぼやきに、伊月はあっけらかんと笑う。

「あの日、大学に戻ってきて話を聞いて、ミチルさん、地団駄《じだんだ》踏んでましたもんね。けど、そっちもなかなかレアな体験だったんでしょ？　なんか内緒にするって約束した話は誰にも言えないって主張して、えらく警察や弁護士と揉めたそうですけど」

からかいの滲む伊月の声に、ミチルは口を尖らせて肩を竦めた。

「だって、約束は守らなきゃ。死んだ子のためにも、これから生きていく子のためにも、私は秘密を抱えていくべきなんだと思ったの」

筧は、不思議そうにミチルを見る。

「あの、他の所轄の話なんで、僕が割り込むのもアレですけど」

「いいんじゃない、今はオフだし」

ざっくりと受け入れられ、筧は律儀に正座に座り直してミチルに向き合った。

「内緒の話はどけといて、先生、前にうちで飯食いながらその話になって、言うてはりましたよね。その事件のせいで、生き死にについてまた考えるようになったたって」

ミチルもさすがに胡座をかいた姿勢でその話をするのは躊躇われたのか、渋々崩した正座くらいのポーズに落ちつく。

「友達の自殺を手伝った子に、そこは友達に生きてくれって言うべきじゃなかったのって言いたかったけど、どうしても言えなかった。それがずっと心に引っかかってるのよね」

「なんで言われへんかったんです？」

ストレートな筧の問いに、ミチルも言葉を飾ることなく答える。

「自殺に至った経緯は内緒の話だから言えないけど、とにかく死んだ子の死に顔が安らかで、死なせた子も凄く幸せそうで、なんだか途方に暮れちゃったのよ。私たちハッピーですから、アドバイスは結構ですって感じ？　それも、無理してる風じゃなくて、ホントに幸せそうだったのよね。世間的に見たら、ゴシップの当事者なわけだから、今もこれからも大変なはずなのに……私が力になれることは何にもないんだなって無力感？　それが凄くて」

「……あー、なんかわかるかも」

筧とミチルに挟まれた状態の伊月は、小猿のように胡座をかいたまま会話に加わった。

「アドバイスとか励ましって、相手が苦しんだり悩んだり悲しんだり、とにかくネガティブモードにいないと、できないっすよね」

「それは、そうやね」

覚も考え考え同意する。伊月は、マグロの寿司をぽいと口に放り込み、やや不明瞭な口調で言った。

「ほら、ちょっと前に、自殺について龍村先生と話をしたじゃないですか。あんとき、身近な人が自殺しようとしてたら、俺はガン泣きして止めるって言ったし、龍村先生は……何て言ってたっけ？」

ミチルは記憶をたぐり寄せるように、しばらく網代《あじろ》天井を見上げていたが、やがて「そうそう」と答えた。

「確か、誰でも死ねるのは一度きりだから、それは今じゃなきゃいけないのか、もう一日生きてみたらどうだって諭すって。その言葉も思い出したけど、あの子たち、死ぬ日を決めて、その日のために楽しく計画して準備して、さくっと実行して、その後の段取りまで考えてたのよね……。その間、おそらくはずっと楽しそうに。中断しようなんて、一度も考えなかったみたい。だとすると、龍村君の忠告も、つけ入る隙がなかった気がする。まして伊月君の号泣は」

「言われるまでもなく、完全に無効っすね。で、あんときミチルさんは……」

「伊月君が死ぬって言ったら、やっぱりやめますって言うまで殴るって言いました」

「それも同じくらい無効なんじゃ……」

「無効っていうか、それは龍村君と伊月君限定の話だから。そもそも他の人には使えない」

「うう、俺と龍村先生だけは殴れるのかよ。なんか理不尽なものを感じる……。つか、あのときは三人で話して、生きる権利と死ぬ権利、やっぱ生きられそうなら生きる権利を先に行使したほうがいいかもなって、何となく腑に落ちた気がしましたけど、そんな甘いもんじゃなかったすね」

「全然。生きる権利、死ぬタイミングを自分で選ぶ権利。ケースバイケースなんでしょうけど、難しいわよね。やっぱり死人専門とはいえ医者だから、死ぬことより生きることに価値を見いだそうとしてしまうけど、本当は、生きることと死ぬこと、どっちも等価なのかもなあって。どう生きるかとどう死ぬか、どっちも大事なのよね」

「終末期医療の問題にも引っかかってきますよね、それ」

「マジでそれ。理想の死に方をみんな持ってて、大抵の人はぽっくり死にたい、無駄な延命治療はやめてほしいって言うけど、いざそのときになったら、やっぱり死ぬのは怖い、一秒でも長く生きたいと思うかもしれない。でもそう思ったときには、もう方針転換を伝えられない状態かもしれない」

「逆もありますよね。とことん生かしてくれって願ってたけど、あまりにも苦しくて死なせてくれって思うのに、喋れないとかね」

あまりにもつらいシチュエーションを思い浮かべてしまって、せっかくの宴席で、ミチルも伊月も重苦しい溜め息をつく。

そんな二人の会話をじっと聞いていた筧は、控えめに切り出した。

「僕は思うんですけど……」

「何だよ？」

伊月は、筧が雰囲気を明るくしてくれるのではないかと期待して、先を促す。

「生きてさえおったらええことがある、って言うやないですか。ようそう言って、人を励ますやないですか」

いかにも筧らしい前向きな言葉に、ミチルは微笑む。

「そうね」

しかし筧は、大真面目な顔でこう続けた。

「せやけど、それ言うてる人は、実際にええことあった人ですよね」

「自分の経験、あるいは自分に近い人の経験からそう言うんでしょうけど、ホンマにそうなると保証はできへんですよね」

「……そりゃ、そうよね」

「……う、うん」

「そう言われて生きてはみたけど、ええことなんか一つもなかったわって言いながら死んでいく人もいてるけど、そういう人の声は力がないから、誰にも届かんと消えていくんやろな。そんな風に、考えることがあるんです。あとは、ええことの定義によってても変わってくるなあって。百億円貰わんとええことやと思わん人もいれば、自販機の下で百円拾ったら物凄い嬉しなる人もおるでしょう」

ミチルは、茹《ゆ》でたソラマメの皮を几帳面《きちょうめん》に剝きながら、筧の純朴そのものの顔を見た。

「それは、刑事の仕事で色んな事件を経験する中で感じたこと?」

筧は頷き、「なんかのゆめ」と言った。

伊月はマグロばかり三貫めの寿司を頰張りながら、「何かの夢? 何だよそれ」と不思議がった。

だが筧は、傍らの盆を引き寄せ、ビール瓶の表面の結露を指につけて、「南柯《なんか》の夢」という字を書いてみせた。

伊月とミチルはそれを覗き込み、同時に同じ角度で首を捻る。

「聞いたことがあるような言葉だけど、どんな意味だっけ。中国の話よね、きっと」

筧は頷く。

「はい。署の近くにあるお寺のご住職に聞いた言葉です。中国で昔、酔っ払って木の下で寝とった男の人が、夢を見るんです。とある国の王様に会うて、王様の命令でとある土地を治めることになって、華やかに二十年を過ごした夢なんですけど、起きてみたら、実は王様っていうんは、木の根元にある穴の中に住んでるでっかいアリンコで、自分が治めとった土地は、近くにあるもう一つの穴の先にあるほっそい枝やったって話」

真面目に耳を傾けていた伊月は、胡座の上に突いていた頬杖から、ズルリと頬を滑り落とす。

「あ？　意味わかんねえ。どういうアレ？」

筧はやはり訥々と説明を続ける。

「せやから、人生は浮き沈みがあっても、結局は夢みたいにはかないもんやで、っていうたとえやねんて」

伊月は、不満げにスッと通った鼻筋に皺を寄せる。

「あ？　ありがたくも何でもねえ故事成語だな。ジタバタしても、お前の人生なんてトータルしたらクソだって話？　余計なお世話だよ」

不機嫌に吐き捨てる幼なじみを、筧はまあまあと笑って宥めた。

「ネガティブに翻訳したらそういうことやけど、僕は、こう違うかなと思うねん。どんだけしょぼい人生でも、自分の中でやりきったんやったら、それはええ人生なんやろなって」

そこでようやく筧の意図に気付いて、不審そうだったミチルの顔に笑みが戻ってくる。

「なるほど。本来の『南柯の夢』の解釈とは違うかもしれないけど、『自分の器の大きさは自分で決める』ってことかしら」

「どういうことっすか？　俺まだわかんねえ」

盛んに首を捻る伊月が四つ目のマグロの寿司を取ろうとするのをやんわり手首を摑んで制止しながら、ミチルは言った。

「ほら、この前の熊の親子の器みたいに、お父さんの器は大きく、お母さんの器は中くらい、小熊の器は小さくて、さて、あなたにぴったりの器はどれかしら、みたいなことよ」

マグロを渋々諦め、甘エビにシフトした伊月は、やはりもぐもぐと口を動かしながら言った。

「ああ、そういう。自分にピッタリの器を正しく選べば、ハッピーになれるってことっすか」

「アリのサイズの『国』が小さすぎてはかない、むなしいと思う人もいれば、アリのサイズだからこそ、目が行き届いていい治世《ちせい》ができると思う人もいるでしょ。結局は、自分の人生を、自分に合った器で過ごせた人が幸せなのかも」

ミチルの言葉に、伊月も言葉を加える。

「でもって、自分の器に何をどれだけ盛るかは、やっぱし自分で決めるんですよね。だけど、器を持って歩くうち、誰かに会うたびに、一口ずつ交換したり、もらったり、奪われたり、それで器の中身がどんどん変わっていくのが人生なのかなあ」

「なんや、タカちゃんにかかると、人生が海鮮丼みたいになるなあ」

筧は可笑しそうに笑い、伊月も笑いながら、目は真面目なままでミチルを見た。

「だから、ミチルさんが女子高生に何も言ってやれなかったこと、気にしなくていいんですよ。きっと今は、その子の器は満ちてるんだ。だけどいつか、中身を奪われたり、自分でガツガツ食っちゃって底が見えて寂しいなって思ったときには、きっとミチルさんのことを思い出しますよ」

「……そうかな」

自信なさげなミチルに、伊月は声を励ました。

「そうっす。ミチルさん、自分が滅茶苦茶印象的な人間なの、気付いてねえから」

「……そうなの？」

「そうっす。だからきっと、そういえばあのとき会ったあの先生、丼みたいな器に、旨そうなもんいっぱい入れてたなあ。あれ、一口貰いたいなあって思ったら、きっと会いに来ますよ」

伊月は手を伸ばし、咲月が作ってくれた茶碗蒸しに、スプーンをざっくり差した。

そして、中から銀杏《ぎんなん》を発掘する。

「だから、そのときに後悔しないように、自分の器にいいもの盛りましょうよ。ヘトヘトになったとき、自分で食ってまた歩き出せるようになれるもの。腹ぺこの人を元気にしてやれるようなもの。たぶん、俺の器はあんまでっかくないけど、だからこそ、こんもり盛ってやりますよ。はかない人生とか、他人に言われてたまるかってんだ。まあ、今はミチルさんと筧としじゃもに一口ずつくらいしか、やるあてはないですけど」

「あら、じゃあ私も、お返し分を用意しとかなきゃ」

ミチルはようやく笑顔に戻り、箸を取った。

「でも、そのためにはまず、物理的に美味しいものをしっかり食べて、人生の器を満たすパワーを得なきゃね。……たとえば、こういうのとかで」

そして、伊月が食べようとしていた二貫めの甘エビ握りを、一瞬早く奪い取ったのだった……。

飯食う人々　おかわり！

――*Bonus Track*――


午後六時二十三分、O医科大学法医学教室、セミナー室。

いわゆる「定時」が設定されている秘書の住岡峯子と技師長の清田松司、そして臨床検査技師の森陽一郎はとうに帰り、まだ残っているのは、助手の伏野ミチルと大学院生の伊月崇だけである。

今日は司法解剖が朝いちばんに一件入っただけで、午後はミチルも伊月も、溜まりに溜まった標本組織の切り出しや研究のための実験に、たっぷり時間を使うことができた。

今は一日の締《し》め括《くく》りとして、ミチルは都筑教授の講義用の資料を作成し、伊月は実験ノートをまとめているところだ。

実験室では他愛ないお喋りをしながら手を動かすことが多い二人だが、セミナー室の自席にいるときには、今のようにそれぞれの作業に没頭して、互いの存在を気に留めなくなることも多い。

そんな心地よい静けさを無造作に破ったのは、勢いよく扉が開く音だった。

「！」

二人は同時に手を止め、部屋の入り口のほうへ顔を向ける。

入ってきたのは、珍しくパリッとした白衣姿の都筑壮一教授だった。

普段はワイシャツとスラックスが定番の都筑だが、解剖を伴わない死体検案だけのとき、たまに実験室で作業をするとき、そして教授会に出席するときには、白衣に袖を通す。

その中でもきちんとネクタイを締め、比較的新しい白衣をわざわざ選んで着込み、スリッパを革靴に履《は》き替えて出掛けるのは、教授会だけだ。

伊月がそれを訝《いぶか》ると、「やっぱり教授会っちゅうんは、最高学府のトップが集う会議やからな。ええ格好で行かんと」と、都筑は薄い胸を張って説明した。

ただし、それを聞いていたミチルに、「最高級のダブルの白衣なんかを着ちゃってる臨床の教授連に、大学支給品の木綿の白衣で立ち向かうって、むしろ清貧自慢みたいじゃありません？」とこの上なくクールにバッサリやられ、たちまちしょんぼりする羽目になっていたのだが。

（それでも特に心が折れるでもなく、相変わらず、選べる範囲でいちばんいい白衣を引っかけて出掛けてるんだな。俺だったら、あっさりやめちゃいそうだけど）

心の中で都筑の打たれ強さに感心しつつ、伊月は席から声を掛けた。

「お疲れ様です。教授会、今日はやけに長引いたんですね」

「うん。まあ、しょーもないことで紛糾できるくらい、うちの大学は平和やねんな。ええこっちゃ」

真顔でそう言いながら、都筑は秘書の峯子の席に抱えていた会議資料をバサリと置き、撫《な》で肩を揉《も》みほぐし始める。

ミチルは苦笑いで席を立った。

「お疲れ様です。お茶でも淹《い》れましょうか？」

「お、すまんなあ」

「どういたしまして」

ミチルはセミナー室の簡易キッチンに行くと湯沸かしポットに水を汲《く》み、スイッチを入れた。そのまま流れるように、席から持ってきたマグカップを洗い始める。

「それで？しょーもない紛糾中にも、ひとつくらい素敵なトピックはあったんですか？」

ミチルに軽めのからかい口調で問われ、今度は都筑が苦笑する番である。

「素敵かどうかは知らんけど」

そう前置きして、都筑は、皆が集う大テーブルの端っこの椅子に腰を下ろした。そして気怠《けだる》げに頬杖《ほおづえ》をつき、こう続けた。

「最後に、学食のクオリティ向上が議題に上ってなあ。えらい盛り上がったわ」

「は？　学食？　教授会で、わざわざそんなことを？」

ミチルは都筑のマグカップに緑茶のティーバッグを放り込んでから、顰《しか》めっ面《つら》で振り返った。

ミチルの咎《とが》めるような口調に、都筑はちょっと慌てた様子で頬杖から顔を上げ、フリーになった手をヒラヒラと振った。

「いや、それだけと違う。他にもあれこれ話題はあったんやで？　そやけどまあ、気軽に喋れるんは、学食の話題くらいやなあ。あとはちょっと」

「俺たち下っ端にはとても明かせない、ヤバいネタってことですか？」

伊月も自分のマグカップを持ってやってきて、話を混ぜっ返す。都筑はちょっと悪い顔で頷《うなず》いた。

「まあ、それなりにな。何しろ医大っちゅうんは、ドラマほどやないと言うても、そこそこの『象牙《ぞうげ》の塔』やからなあ」

耳慣れない言葉に、伊月は形のいい眉をハの字にする。

「何すか、それ」

「知らんか？」

「知りません。『白い巨塔』なら、子供の頃、親と一緒に見ましたけど。『財前教授の総回診です！』とか言って、病棟スタッフをぞろぞろ引き連れて教授が廊下を歩くやつ。あんな大袈裟なことしないだろうと思ってたら、消化器内科のポリクリ（臨床実習）で似たようなのを見てビビりましたよ、俺」

ドラマの中の、堂々たる教授の歩きぶりを小規模に真似る伊月の手からマグカップをヒョイと取ってシンクに置き、ミチルは可笑《おか》しそうに口を挟んだ。

「その『白い巨塔』ってタイトルがそもそも、『象牙の塔』から多少は着想を得たんじゃないかしら。『象牙の塔』って、もとはフランス語か何かでした？」

ミチルに問われ、若い頃にフランス留学を経験した都筑は、懐かしそうに流暢な発音で、“tour d'ivoire”と言った。

「すげえ！　都筑先生が、フランス語を喋った！　今の、もしかして『象牙の塔』ですか？」

「先生がフランス語を話されるの、初めて聞いたかも。本場もん、ですね」

ミチルと伊月は、口々に感嘆の声を上げる。都筑は照れ臭そうに白髪交じりの髪を撫でつけ、再び口を開いた。

「まあ、そない褒《ほ》めなや。もともとは、芸術家が浮世離れした生活を送っとる様子を指した言葉らしいけどな。研究室やら病院やらの閉鎖社会を皮肉って言うことのほうが、今は多いん違うかな」

伊月は納得顔で頷く。

「はー、なるほど。浮世離れ、閉鎖社会……確かに、医大ってそうですよね。六年もあるし、勉強やら実習やらギチギチに詰まってるから、中高時代の友達とは遊ぶ予定が全然合わなくなるし、ポリクリが始まったら、それこそ終わる時間が定まってねえから、バイトすら難しくなるし。まさに、社会からの孤立っすよ！」

まだ学生時代が「ごく近い過去」である伊月の言葉には、過ぎるほどに実感がこもっている。

ミチルも、熱い緑茶をなみなみと満たしたマグカップを都筑の前に置き、伊月に同意した。

「そうねえ。一学年で百人くらいしかいないから、狭い社会だし。六年のあいだに人間関係が煮詰まって、妙に息苦しかったわね。就職してからも……」

都筑は、困り顔でミチルの話を遮る。

「おいおい。ここは、アットホームな職場やろ？」

ミチルは能面のように表情を消して、平板に同意する。

「よく言えば、はい」

都筑は米酢を飲まされたような顔で、熱い緑茶を吹き冷ましながら啜《すす》った。

「よう言えばって、悪う言えばもあるんかいな。怖いな、寿命が縮みそうや」

「そりゃ、どんな職場にも問題はありますよ。勿論、ここが凄く好きだってのは大前提ですけどね」

「それを聞いただけでも、僕の縮みかけた寿命、七割戻ってきたわ。ほんで？」

都筑に促され、ミチルは小さく肩を竦《すく》めた。

「やっぱり教室に人が少ないから、来る日も来る日も同じ顔ばっかり見るわけでしょう？　出入りする人だって、臨床に比べればうんと少ないし。何とはなしに、学生時代に似た閉塞感はありますよね。まさにミニマムな閉鎖社会って感じで」

ううう、と同意代わりの呻《うめ》きを漏らす都筑を気の毒そうに見やり、ミチルは努めて明るい声で付け加えた。

「そんなに落ち込まないでください。伊月君が来て、T署から筧君も来るようになって、ずいぶん風通しがよくはなりました……って続けたかったんですから」

「ホンマか？」

　顔を上げた都筑に、ミチルはニッと笑って頷く。

「ミニマムな閉鎖社会には違いないですけど、閉塞感は軽減されましたよ？」

「そらよかった。はあ、残りの二割五分も戻ってきたわ」

「最後の五分はどうしたら……伊月君、マグカップ洗ってあげるから何とかしてよ」

　ミチルに水を向けられ、都筑の隣の椅子に浅く腰を下ろした伊月は、やや迷惑そうに、薄い唇をへの字に曲げた。

「俺に振られても……ああ、俺もここ好きですよって言えばいいっすか？」

「無理に言わんでもええがな」

「いやいや、マジで。臨床とあまりにも違いすぎて、何もかもがボロくて戸惑いましたし、確かに毎日同じ顔ですけど」

「うっ」

「けどまあ、それが足が地に着いた雰囲気に繋がってんのかなあって」

「お、そらええコメントや。五分、戻ってきたわ」

大袈裟に胸を撫で下ろしてみせる都筑に、伊月は真顔でこう続けた。

「あと、週イチで兵庫県の監察に行かせてもらうようになって、世界がちょっと広がりました。龍村先生は顔が広いから、他の先生方にもちょいちょい引き合わせてくれるし。俺、こう見えてそう社交的なほうじゃないんで、知り合いはそのくらい小規模に増えるのがちょうどいいっす」

「それはあるわよね。ただでさえ若手は少ないんだし、大学を超えて交流が生まれるのは、凄くいいと思ってる」

ミチルもうんうんと頷きながら、シンクに向き直り、伊月のマグカップを洗って、プラスチック製の水切りバスケットに置いた。

そんな若人ふたりの発言に、都筑はようやく肉付きの薄い頬を緩めた。

「そら、ホンマによかった。僕の上司が、そういう他大学との交流に興味のない上、敵の多いお人やったからな。僕はそれこそ、『純正象牙の塔育ち』や。君らがそうでのうて、ホッとしたわ。寿命、逆にちょっとくらい延びたかもしれんな」

上機嫌になった都筑は、ポンと手を打った。

「それはそうと、こんなとこで喋っとってもつまらんやろ。どや、久しぶりに、駅前で飯でも」

すると、ミチルと伊月は再び顔を見合わせた。先に口を開いたのは、やはり先輩のミチルである。

「残念！　あと四十五分、そのご提案が早ければよかったんですけど」

都筑は幾分冷めた緑茶を飲み、怪訝そうな顔をした。

「四十五分前に、何ぞ予定が入ったんかいな」

今度は伊月が答える。

「実は今日、筧が非番で家にいるって話をしたら、じゃあ一緒に鍋でもしようってミチルさんが」

都筑は、わざとらしく渋い顔でミチルを睨《にら》んだ。

「こら、伏野君。君は相変わらず、男所帯に上がり込んでるんかいな」

「はい」

ミチルはあっさり頷き、「だって、ねえ」と伊月をチラと見た。都筑もつられたように、視線を伊月に滑らせる。

「いや、伊月君や筧君を信じてへんわけやないんやで？　そやけどまあ、ものの弾みやら、魔が差したやら言う言葉が、人間にはあるからなあ」

「その手のアクシデントが発生しえないんですよね、今」

都筑のもっともな懸念を、ミチルはこともなげに否定する。都筑は驚いて小さな目を剝《む》いた。

「あ？　どういうこっちゃ？　筧君が刑事やからか？」

「それもありますけど、何しろ、うちには世界一美人の『愛娘』がいますからね」

答えたのは、伊月である。こちらもケロリとした表情と口調だ。都筑は目を高速でパチパチさせた。

「愛娘？」

「ほら、猫ですよ。ししゃも」

伊月の説明に、都筑は一瞬、呆気に取られた後、片手でペチンと自分の額を叩いた。

「なるほど、溺愛しとる猫、いや愛娘の前では、人の道は外せんっちゅうわけか」

「ですです。そうじゃなくてもミチルさんだし……あだッ」

頭を張られて悲鳴を上げる伊月をよそに、ミチルは都筑にいい笑顔を向けた。

「というわけですので、ご心配なく。厳しくて可愛いししゃもの監視のもと、清らかに和やかに鍋料理を作って食べてさっさと帰りますから。それに、今夜はもうひとりゲストが加わる予定ですし」

「ゲスト？」

「噂をすれば影ってわけじゃないですけど、龍村君です。今日は兵庫県の監察もあんまり忙しくなかったそうで、私と伊月君を食事に誘ってくれたんです。だったら、いっそ伊月邸、もとい筧邸を見物がてら、来ればって話に」

「なんや、君ら、そない仲良うなっとんのか。ホンマにええこっちゃ。そやけど、わざわざこっちまで来てもらうのに、鍋っちゅうのはどうなんや？」

心配そうな都筑に、ミチルは屈託ない笑顔で異を唱えた。

「もう、先生はわかってらっしゃらない。一人暮らしだと、むしろ気の置けない人たちと鍋を囲むって、けっこう素敵なご馳走なんですよ？」

「ははあ、そういうことか。いやぁ、僕、学生時代から内向的で、友達が少のうてな。そういうキラキラした思い出がないんや。羨ましいわ」

「キラキラって……そんなにキラキラはしないと思いますけど」

「いや、しますよ、今夜に限ってはキラッキラでしょ！」

伊月は妙に力強くミチルの言葉を否定する。そして、そのままの元気で、不思議そうな都筑にその理由を説明した。

「だって龍村先生、めっちゃくちゃいい牛肉をお土産に買ってきてくれるらしいんです。あのあたりでいい牛肉って言えば、すなわち神戸ビーフでしょ！　ってなわけで、今夜はすきやきです！　すきやき！　世界が輝きますよね！」

勢い余ってテーブルを両手で叩く伊月に、都筑はちょっと可哀想な子を見るような顔つきをする。

「昭和の子供かいな。そうか、龍村君まで来るんか。ほな……」

都筑は白衣のポケットから財布を引っ張り出すと、名残惜しそうに五千円札を引き抜き、「抜き身で悪いけど」とミチルに差し出した。

ミチルは困惑の眼差しで都筑を見て、すぐに手を出そうとはしない。だが都筑は、テーブルに札を置き、立ったままのミチルのほうへすっと押しやった。

「伊月君がえらい世話になっとんのや。肉を買うてきてくれるんやったら、せめて、ええ卵と野菜とちょっとええ酒と……あと、デザートくらいは買えるやろ。僕の代わりに買うてって、龍村君にご馳走したって」

「でも……」

「どうせ、君らに飯を奢《おご》るつもりやったんや。かめへん」

「じゃあ、ありがたく」

素直に札を受け取ったミチルは、小首を傾げてこう言った。

「いっそ、都筑先生もいらっしゃいません？」

そんな部下の気遣いを、都筑は笑い飛ばした。

「そないなことしたら、君らはようても、龍村君と筧君がくつろがれへんやろ。ええから、はよ店じまいして、買い物に行き」

そんな言葉で二人を追い立て、帰らせた都筑は、静まり返った教室で帰り支度をすべく、白衣を脱ごうとしてふと動きを止めた。

ポケットの中で振動するスマートホンを取り出した彼は、痩せた顔をほころばせる。

液晶画面には、「ええ卵」のパックを二つ持ち、満面の笑みを浮かべた伊月の写真が表示されていた。撮影したのは、間違いなくミチルだ。

「あとで、みんなで写真を撮って送りますね！」

添えられたそんなメッセージに、「僕のことは気にせんでええから」と打ちかけた都筑は、少し考えて消し、「猫も忘れんといてや」と返信した。

そして、今度こそ白衣を脱ぎながら、「すきやきでキラキラか。青春やなあ」と、少しだけ眩《まぶ》しそうに目を細め、独りごちたのだった。

文庫版のためのあとがき

こんにちは、椹野道流です。

この「南柯《なんか》の夢」をもちまして、ようやく、ようやく！　講談社文庫版で、「鬼籍通覧シリーズ」の既刊がすべて揃いました！

最初に「新装版で既刊を出したい」という打診をいただいたときには、まだ正直、半信半疑でした。

それがまさか、こんな短期間に、本当に全冊揃ってしまうなんて。

しかも、第一作「暁天の星」から最新刊「南柯の夢」に至るまで、改めて原稿に手を入れることを許され、第三作「壺中《こちゅう》の天」からは、「飯食う人々　おかわり！」と題した書き下ろしをつけることもできました。とてもありがたいです。

今回の「新装版・文庫化祭り」に際しては、新たに二宮悦巳さんにカバーイラストをご担当いただきました。

各巻の雰囲気を見事に反映した、二宮さんの美しく繊細なイラストに、next door design の岡本歌織さんがとてもスタイリッシュで目を引くタイトルを加えて装丁してくださり、あの素晴らしい表紙たちが完成したのです。

巻を重ねるたび、表紙を並べて惚《ほ》れ惚《ぼ》れと眺めていたのは、きっと私だけではないと思います。お二方には、どれほど感謝しても到底足りません。

そしてこの「祭り」を始めるにあたり、私が、そしておそらくは担当編集氏も同様に願ったのは、長年の愛読者さんに再び楽しんでいただくと同時に、これまで「鬼籍通覧」をご存じなかった方のもとに作品をお届けしたい、ということでした。

その願いは、どうやらまるっと叶ったようです。ありがとうございます。

新しい読者さんも増え、皆様に再び活力を吹き込んでいただいた「鬼籍通覧」、新作も引き続き講談社文庫で執筆させていただくことと相成りました！

人の命という何より重いテーマを常に背負ったシリーズだけに、執筆にあたっては呻吟し通しで、長考に入ってしまうことも多々あるのですが、一日も早くお届けできるよう頑張ります。どうぞ、末永く伊月たちにお付き合いくださいませ！

椹野道流　九拝

本書は、二〇一七年十月に小社ノベルスとして刊行されました。

|著者|椹野道流　２月25日生まれ。魚座のO型。法医学教室勤務のほか、医療系専門学校教員などの仕事に携わる。この「鬼籍通覧」シリーズは、現在８作が刊行されている。他の著書に、「最後の晩ごはん」シリーズ（角川文庫）、「右手にメス、左手に花束」シリーズ（二見シャレード文庫）など多数。

南柯《なんか》の夢《ゆめ》　鬼籍通覧《きせきつうらん》

椹野道流《ふしのみちる》

講談社文庫
定価はカバーに
表示してあります

2020年６月11日第１刷発行

発行者――渡瀬昌彦
発行所――株式会社　講談社
東京都文京区音羽2-12-21　〒112-8001
電話　出版（03）5395-3510
　　　販売（03）5395-5817
　　　業務（03）5395-3615

Printed in Japan

デザイン―菊地信義
本文データ制作―講談社デジタル製作
印刷―――大日本印刷株式会社
製本―――大日本印刷株式会社

ISBN978-4-06-519487-4

講談社文庫刊行の辞

二十一世紀の到来を目睫に望みながら、われわれはいま、人類史上かつて例を見ない巨大な転換期をむかえようとしている。

世界も、日本も、激動の予兆に対する期待とおののきを内に蔵して、未知の時代に歩み入ろうとしている。このときにあたり、創業の人野間清治の「ナショナル・エデュケイター」への志を現代に甦らせようと意図して、われわれはここに古今の文芸作品はいうまでもなく、ひろく人文・社会・自然の諸科学から東西の名著を網羅する、新しい綜合文庫の発刊を決意した。

激動の転換期はまた断絶の時代である。われわれは戦後二十五年間の出版文化のありかたへの深い反省をこめて、この断絶の時代にあえて人間的な持続を求めようとする。いたずらに浮薄な商業主義のあだ花を追い求めることなく、長期にわたって良書に生命をあたえようとつとめるところにしか、今後の出版文化の真の繁栄はあり得ないと信じるからである。

同時にわれわれはこの綜合文庫の刊行を通じて、人文・社会・自然の諸科学が、結局人間の学にほかならないことを立証しようと願っている。かつて知識とは、「汝自身を知る」ことにつきていた。現代社会の瑣末な情報の氾濫のなかから、力強い知識の源泉を掘り起し、技術文明のただなかに、生きた人間の姿を復活させること。それこそわれわれの切なる希求である。

われわれは権威に盲従せず、俗流に媚びることなく、渾然一体となって日本の「草の根」をかたちづくる若く新しい世代の人々に、心をこめてこの新しい綜合文庫をおくり届けたい。それは知識の泉であるとともに感受性のふるさとであり、もっとも有機的に組織され、社会に開かれた万人のための大学をめざしている。大方の支援と協力を衷心より切望してやまない。

一九七一年七月

野間省一